Text by Jutta Nymphius

Originally published under the title:

Oben Ohne

© Tulipan Verlag GmbH München / Germany, 2020

www.tulipan-verlag.de

All Rights Reserved.

Korean Translation copyright© 2023, Springsunshine Publishing Co.

This Korean edition is published by arrangement with Tulipan Verlag GmbH, München

through Greenbook Agency, Korea.

너를 보여 줘

유타 뉨피우스 **지음**

김영진 **옮김**

나의 멋진 조언자
엘라에게

차 례

난 뭐지?

나도 모래시계면 얼마나 좋을까. 하지만 난 피라미드야.

"걱정하지 마. 그 정도는 아무 문제도 아니야. 아주 감쪽같이 감출 수 있는 방법이 있거든. 그럼 너도 아주 핫하게 보일 테니까 신경 꺼."

실바가 나를 안심시켰어.

그래, 바로 그게 문제야. 지금 나한텐 '감출 수 있는 방법'과 '그럼 너도'라는 그 두 말이 아무 위로도 되지 않아. '감추는' 건 어차피 신물 나게 하고 있으니까. 오버사이즈 풀오버? 그건 마치 나를 위해 만들어진 옷 같아. 옷매무새야 어떻든 그저 헐렁하기만 하면 되지. 아무것도 드러나지도, 보이지도 않게.

아니, 솔직히 내 가슴은 드러내고 자시고 할 것도 없었어. 하지만 바로 그래서 하체가 더 두드러져 보였지. 실바는 그 체형별 특징에 대해 구구절절 설명을 늘어놓는 중이었어.

"······이른바 모래시계 여자들은 어깨하고 엉덩이의 너비가 같아.

그리고 허리는 아아아주 가늘지."

실바는 그러면서 햇살처럼 눈부신 미소를 지어 보였어. 미국 영화에서나 볼 수 있는 새하얀 이가 드러났어. 당연해. 실바는 아아아주 근사한 모래시계니까. 앤 도대체 몸매가 어떻게 이럴 수 있지? 거꾸로 세워 놓으면 모래가 정말 쏟아져 내리겠네, 쏟아져 내리겠어.

"물론 이런 체형은 아주 이상적인 경우야!"

미국 영화 주인공 같은 이가 더 많이 드러났어.

좋아, 그럼 나는 일단 '이상적'이지는 않단 얘기군. 그럼 난 뭐지? 하지만 오랫동안 궁금해할 필요는 없었어. 곧 설명이 이어졌으니까.

"이와는 달리 피라미드형은, 상체는 빈약한데 하체가 튼실한 체형이야."

이번에는 그 햇살처럼 찬란하던 미소가 보이지 않았어. 그 대신 무척 유감이라는 듯, 한숨이 동반된 절망스러운 어깻짓만 해 보였지.

가만있자, 오늘이 화요일이던가? 그럼 한번 확인해 봐도 되겠네. 나는 풀오버의 목 부분을 앞으로 팽팽히 잡아당기고 가슴을 내려다봤어. 오, 좀 커진 것 같은데? 착각인가? 역시 아닌 것 같아. 배하고 비교했을 때 지난번과 달라진 게 없어. 뱃살은 여전하네. 나는 팽팽하게 잡아당기고 있던 풀오버 목을 다시 놨어. 한때는 달라지지도 않는데 날마다 가슴을 관찰하기도 했어.

그러다가 어느 날 울라 고모 덕에 중요한 사실을 깨달았지. 울라 고모는 우리 집에 올 때마다 "아이고, 너 지난번에 봤을 때보다 몰라보게 컸다!"라며 호들갑을 엄청나게 떨어. 그런데 우리 가족은 울라 고모를 안 좋아하거든. 그래서 고모가 우리 집에 오는 경우는 가물에 나는 콩보다도 드물지. 나의 예리함은 그 점을 놓치지 않았어. 즉, 성장은 너무 자주 보지 않아야 비로소 눈에 들어온다는 거야. 생각해 봐. 세상에 아침 먹을 때마다 '아이고, 너 또 엄청나게 컸구나!'라고 말하는 부모 봤어? 못 봤지?

그래서 나는 매주 한 번, 그러니까 화요일에만 가슴을 들여다보기로 한 거야. 하지만 지금까지는 아무 소용도 없었어. 여전히 절벽 아니, 거의 절벽에 가까웠지. 어쩌면 일주일에 한 번도 너무 자주 보는 건지도 몰라. 울라 고모는 훨씬 더 가끔 오셨으니까. 정말 다행스러운 일이지.

실바가 주절주절 떠들어 대고 있었어.

"봐, 내가 어울리는 옷을 몇 벌 골라 봤어. 하체가 강조되지 않는 것들로. 중요한 건 웨이스트라인이 가능한 한 엉덩이에서 많이 올라오게 입는 거야. 그래야 하체가 더 커 보이지 않거든."

더 커 보이지 않거든?! 하지만 이어지는 말은 **더** 가관이었어.

"위에는 이렇게 깜찍한 튜브톱을 입도록 해. 튜브톱은 어떻게 입어도 예쁘거든."

나는 실바가 추천한 옷을 뚫어져라 들여다봤어. 짧고 빨간 스팽글 치마에 '깜찍한' 튜브톱이었지. 그래, 옷은 나무랄 데 없이 정말 예뻤어. 문제는 닥스훈트랑 휴대폰이 아무런 상관이 없듯, 그 옷도 그걸 입을 피라미드 체형의 모델과는 아무 상관이 없다는 거였지.

실바야 허리가 잘록하고, 뱃살이라고는 눈을 씻고 찾아봐도 없고,

가슴은 또 어찌나 큰지 기사 갑옷도 너끈히 입을 수 있는 몸매였지만, 나? 나야 저런 튜브톱을 입었다가는 걸음을 뗄 때마다 옷이 조금씩, 조금씩 밑으로 흘러내릴 게 뻔했어. 물론 그러다가 뱃살에서 걸리기는 하겠지만 말이야. 다시 말하자면, 저런 옷을 입었다가는 어디 뿌리 박힌 사람처럼 한자리에 꼼짝 말고 서 있어야 한다는 뜻이었어.

그만 가 봐라, 실바.

나는 절망스러운 기분으로 유튜브를 끄고 대신 사진 갤러리를 열었어. 흥, 왜 이러서? 난 뭐 잘 어울리는 옷이 없는 줄 알아? 나도 완전 핫해 보이는 옷이 있다고. 어디, 이 작은 비키니 어때?

손가락이 자판 위를 마구 달리고 있었어. 어찌나 익숙하던지 일일이 들여다보고 말고 할 것도 없었어. 그만큼 자주 해 봤다는 얘기였지. 먼저 사진 두 개를 불러온 다음, 한쪽 사진에서 머리를 오리고, 복사…… 이제 다른 사진에 갖다 붙이고…… 배경 레이어는 잠시 끄고…… 가장자리를 살살 부드럽게 다듬고…… 클릭, 클릭, 클릭, 내 손가락은 계속해서 새로운 명령을 내렸어. 이제 배경 레이어를 다시 켜서 머리를 제 위치에 갖다 놓고, 각도 조정, 크기도 맞춰 주고. 흠, 목 언저리가 아직 좀 어색한 것 같은데. 그럼 단축키 B를 이용해서 최대한 자연스럽게 만들어 줘야지. 쓸데없는 머리카락들은 다 지우고. 어디, 한번 확대를 해 볼까…… 오호, 꽤 괜찮은데. 하지만 색상의 강도는 좀 낮추는 게 낫겠어. 그래야 훨씬 더 그럴싸해 보이니까. 여긴 좀 더 환하게 하고, 명암도 강조해 주고.

오호, 아주 근사한데? 내 얼굴에는 어느새 영화배우의 환한 미소가 서서히 번지고 있었어. 실바의 얼굴에 떠올랐던 그런 미소 말이야. 맙소사! 이 누런색은 절대 안 돼. 지워야 해, 얼른 지워. 이건 아무짝에도 쓸모없는 색이야. 아니, 얼굴에 이 불그스름한 건 또 뭐야? 여드름? 이것도 지우고. 하지만 매부리처럼 툭 튀어나온 이 후각 기관은 어쩌면 좋아. 도대체 내 코는 왜 이 모양일까? 동화 속 마녀들이랑 경쟁하는 것도 아니고! 하지만 괜찮아. 복구 브러시가 있으니까. 단축키 J. 클릭, 클릭, 클릭. 내 손가락들은 눈 깜짝할 사이에 아주 곧고 가느다란 코를 만들어 냈어. 클레오파트라의 코라 해도 그 옆에 가져다 놓으면 권투 선수 코처럼 보였을 거야.

나는 그제야 만족감과 안도감이 뒤섞인 한숨을 길게 내쉬며 등받이에 느긋하게 몸을 기댔어. 아빠는 이 노트북이 이런 용도로 쓰일 줄 알았을까? 아직도 기억나. 아빠가 이 노트북을 선물로 주면서 얼마나 장엄하게 연설을 했는지.

"사랑하는 아멜리에, 초등학교를 졸업하고 상급 학교에 진학하는 건 인생에 또 다른 장이 열린다는 뜻이란다! 그래서 엄마랑 얘기했는데, 이제 너도 너만의 컴퓨터가 있는 게 좋겠다고 의견을 모았어. 자, 요긴하게 잘 쓰길 바란다!"

맞아요. 정말 잘 쓰고 있어요. 나는 몸을 일으켜 모니터에 보이는 사진을 한 번 더 꼼꼼히 들여다봤어. 의심의 여지가 없었어! 정말로 근사했어! 기껏해야 1그램 정도밖에 안 돼 보이는 비키니 차림으로, 긴 일광욕 의자에 그야말로 쿨하게 누워 있었지. 보아하니 남태평양에 있는 아주 환상적인 섬 같았어. 솔직히 난 아직 장크트 페터 오르딩(독일 북해에 위치한 피서지:옮긴이)보다 먼 데는 한 번도 못 가 봤어. (장크트 페터 오르딩에는 울라 고모가 여행객들에게 임대하는 아파트가 있어서 우리도 싸게 빌릴 수 있었어.)

그래, 요즘엔 제대로 된 툴만 있으면 뭐든 다 가능하지. 사진에서 환하게 웃고 있는 건 진짜 내 얼굴이었지만 '내' 몸은 모델 지지 하디드 거였어.

쾅!

"그러니까, 오늘 또 집에 안 들어오겠다는 말이야? 저녁에도 안 들어올 거야? 나더러 지금 또 아멜리에하고 둘이서만 있으라고?"

아빠의 고함 소리가 어찌나 크던지 2층에 있는데도 방문을 여는 순간 몸을 움찔했어. 아, 제발. 제발 그만들 좀 하시라고요!

얼마 전부터, 아니 사실 꽤 오래전부터 우리 집은 이런 식이었어. 2년 전부터였지. 내가 5학년이 되어 상급 학교에 진학하자(독일은 초등학교가 4년 과정이다: 옮긴이) 엄마가 일자리를 찾기 시작했어. "이제 아멜리에도 다 컸으니 나도 다시 뭔가를 해야겠어. 날 위해서"라는 엄마의 말에 아빠는 좋다고 했고, 나도 반대하지 않았어. 베이비시터가 필요한 나이는 정말로 아니었으니까. 오후에는 엄마도 다시 집에 돌아올 테고.

하지만 이제 아빠는 엄마가 일하는 것을 좋아하지 않아. 아니, 정반대야. 두 분은 그 문제를 놓고 계속해서 싸웠어. 엄마의 이기심이 아빠가 생각했던 것 이상이기 때문인 듯했어.

나는 그냥 엄마, 아빠 방에서 뭘 좀 가져오려고 잠깐 나왔던 건데, 불행히도 2층 회랑식 복도에서 발목이 붙잡혀 앞으로도 뒤로도 못 가는 처지가 되어 버렸어. 나는 소리가 나지 않게 조심하면서 난간 너머로 우리 집 주방 겸 거실을 내려다보았어. 우리 집 1층은 문이라고는 없는, 완전히 뻥 뚫린 공간이었어. 한때는 '빛과 공기'로 가득해서 얼마나 좋으냐며 엄마가 무척이나 열광했던 곳이지. 하지만 지금 그러한 열광은 흔적조차 찾아볼 수 없었어. 아니, 열광은커녕 잔뜩 화가 나서는, 등 뒤에서 '쾅' 하고 닫아 버릴 수 있는 문을 찾아 절망적으로 이리저리 뛰어다니고 있었지. 하지만 아래층에는 문이 없었고, 그런 까닭에 엄마는 계속해서 아빠의 말을 듣고 있을 수밖에 없었어.

"모나, 이런 식으로는 더 이상 못 살아. 이제 좀 그만해. 내 말 알아들어?"

아빠는 애원하듯 두 팔을 앞으로 내밀었다가 곧 너무 무겁다는 듯 맥없이 툭 떨어뜨렸어.

엄마는 걸음을 멈추고 아빠 쪽으로 홱 돌아서더니 소리를 질렀어.

"하, 그러서? 이제 좀 그만하라고? 그러는 당신은? 당신은 벌써 몇 년씩이나 들어오고 싶으면 들어오고, 나가고 싶으면 나가고 마음대로 했잖아. 그래도 난 당신한테 단 한마디도 안 했어. 그런데 나더러는 그만하라고? 어디 **당신이** 집에 좀 있어 보지 그래, 어?"

엄마는 그러고 나서 다시 문을 찾기 시작했어. 좁은 복도로 나가 청소 도구를 넣어 두는 작은 벽장 문 앞에서 머뭇거리기까지 했지.

하지만 역시 그 안으로 도망치고 싶지는 않았는지 다시 거실로 돌아왔어. 그러는 엄마의 모습은 벽이 나타나면 자동으로 멈춰 서서 방향을 트는 태엽 인형 같았어.

아빠가 애원하는 듯한 목소리로 물었어.

"당신은 아멜리에 생각은 하지도 않아?"

"물론 안 하겠지."

아빠의 자문자답이 재빨리 이어졌어.

"남편이나 애가 안중에나 있겠어? 들어설 자리가 없는데. 안 그래? 다 알아. 왜 그런지도 나는 다 안다고!"

"안다고? 정말? 뭘 아는데?"

엄마의 목소리는 점점 더 이상해졌어. 너무 높아 찢어질 것만 같은 소리. 침대맡 작은 스탠드의 희미한 불빛 아래에서 저녁마다 동화책을 읽어 주던, 내가 아는 옛날 그 목소리가 아니었지.

옛일을 떠올리자 어렸을 때 늘 이 회랑 난간에 웅크리고 앉아 있던 기억이 났어. 그때는 이 위에서 엄마, 아빠를 지켜보는 게 정말 재미있었는데. 하지만 키가 너무 작아서 지금처럼 난간 너머로 내려다볼 수는 없었어. 그래서 바닥에 주저앉아 난간 살과 살 사이에 얼굴을 기대고 두 사람을 관찰했지. 한번은 아빠가 그러고 있는 나를 사진으로 찍은 적도 있어. 사진 속의 나는 난간 아래로 내민 다리를 느긋이 흔들며, 거실이 아니라 어릿광대로 가득한 서커스 무대를 내려다보는 아이처럼 행복에 겨워 활짝 웃고 있었어. 은 액자에 끼워진 그 사진은 여전히 벽난로 위에 세워져 있었어.

나는 그때처럼 바닥에 주저앉았어. 그렇게 하면 내 옛 웃음을 되찾을 수 있다는 듯이. 소용없는 짓이었어. 게다가 이제는 다리가 너무 굵어져 난간 살 사이에 들어가지도 않았어. 나는 무릎을 굽힌 채 아주 불편한 자세로 앉아, 두 손으로 난간을 감싸 쥐고 차가운 금속에 이마를 갖다 댔어. 하지만 이번에는 서커스 관객은커녕 우리에 갇힌 원숭이가 된 기분이었어.

엄마하고 아빠는 이제 서로를 노려보며 말없이 서 있었어.

"안드레아스 때문이야. 그렇지? 그 법무실에서 일하는."

아빠의 목소리에 밴 슬픔이, 위쪽이 뻥 뚫린 우리 집 '빛과 공기'에 실려 2층에 있는 나에게까지 와닿았어. 난간을 잡은 손에 힘이 들어갔어. 하지만 시선은, 점점 더 하얗게 변해 가는 내 복숭아뼈에 두는 편이 차라리 더 편했지. 아, 엄마.

"됐어. 당신이랑은 정말 얘기가 안 통해!"

엄마가 확 돌아서더니 회랑으로 이어진 계단을 쿵쿵거리며 올라오기 시작했어. 내 쪽으로. 눈 깜짝할 사이에 일어난 일이라 나는 어딘가에 몸을 숨길 겨를도 없었어. 그래서 그 자리에 그냥 그렇게 앉아 있었지.

엄마가 내 옆을 어찌나 빠르게 지나가던지 목덜미에 바람이 훅 느껴졌어. 엄마는 내 존재를 알아차리지도 못하고 안방으로 바로 사라져 버렸어. 쾅! 드디어 엄마는 집이 뒤흔들릴 정도로 문을 세게 닫을 수 있었어. 너무나 세게 닫아서 벽난로 위에 있던 사진이 떨어질 정도였지. 액자째로 말이야.

나는 천천히 일어나 내 방과 안방을 번갈아 보며 망설였어. 어떡하지? 곧 학교에 가야 하는데 아직도 톱만 입고 있으니. 그럼 오늘은…… 나는 침을 꼴깍 삼켰어. 아니, 그렇게 가기는 싫어.

나는 아주 살살, 들릴락 말락 하게 방문을 두드렸어. 엄마의 대답은 들리지 않았어. 할 수 없지. 나는 문을 살짝 열고 얼굴을 빠끔히 들이밀었어. 엄마는 창문 앞에 서서 밖을 내다보고 있었어.

"또 아빠 셔츠 꺼내 가려고?"

엄마가 돌아보지도 않고 물었어. 목소리가 잠겨 있었어. 엄마는 헛기침을 했어.

"어."

나는 겸연쩍어하며 얼른 아빠 옷장 쪽으로 갔어. 최근에 나는 줄곧 아빠 셔츠만 입었어. 아빠 셔츠는 길이도 길고, 품도 넉넉했으니까. 소매는 둘둘 걷어 올리면 됐고.

드디어 엄마가 나를 돌아봤어.

"도대체 뭐가 좋다고 만날 그러고 다니니?"

엄마가 이해할 수 없다는 듯 고개를 저었어.

엄마야 그렇게 말할 수 있겠지. 하지만 그러는 엄마도 전에는 추리닝 바지에 헐렁한 풀오버 입는 것을 제일 좋아했으면서. 물론 엄마의 옷장은 최근 180도로 바뀌기는 했지. 헐렁한 옷이라고는 눈을 씻고 찾아봐도 없었으니까. 이제 엄마는 몸매가 그대로 드러나는 치마와 몸에 꽉 끼는 윗도리만 입었어. 신발 역시 너무 아찔할 만큼 높아서 헬멧 착용을 의무화해야 할 것 같은 하이힐만 신고 다녔어. 나도 엄마 몰래 한번 신어 봤다가 바로 발목이 꺾이는 바람에 며칠 고생한 적이 있었어. 어찌나 심하게 절뚝거렸던지 아빠가 병원에 데리고 가려고까지 했어.

나는 조금 부러운 눈으로 엄마를 바라보았어. 새 스타일은 솔직히 엄마한테 잘 어울렸어. 얼마 전보다도 더 날씬해진 것 같네. 엄마는 거울 앞에 서서 이리저리 자기 몸매를 살피고 있었어. 앞모습을 봤다가 옆으로 돌아서서 손으로 배를, 아니 보통은 배가 있어야 하는 부분을 쓸어내렸어. 엄마의 배는 내 가슴만큼이나 절벽이었으니까. 그런데도 엄마는 만족스러워하는 모습이 아니었어. 엄마가 갑자기 화난 사람처럼 지퍼를 내리더니 치마를 벗어 방구석으로 던져 버렸어. 그러고는 옷장 문을 열고 한참을 뒤적이더니 마침내 다른 치마를 꺼내 들었어. 아까 것보다도 통이 더 **좁아** 보이는 치마였어. 갑자기 아빠 셔츠를 입은 나 자신이 《해리 포터》에 나오는 해그리드만큼이나 펑퍼짐하고 볼품없다는 생각이 들었어.

지금이야. 지금 물어봐야 해. 심장이 널을 뛰며 내 입을 막으려고 들었지만 지금이 아니면 안 될 것 같았어.

"엄마?"

나는 작은 소리로 엄마를 불렀어.

"음?"

분명치 않은 대답이 들려왔어. 머리를 올리느라 엄마의 입술 사이에는 핀이 물려 있었어.

잠시 머뭇거렸지만, 다시 용기를 냈어.

"엄마 오늘 저녁에 집에 올 거지?"

머리를 올리던 손동작이 갑자기 멈추는가 싶더니 엄마는 미동도 없이 가만히 서 있었어. 거울 앞에서 정말이지 그대로 굳어 버린 사람 같아 보였지. 하지만 곧 말없이 고개만 저었고, 엄마의 손은 다시 머리를 올리기 시작했어.

나는 잠시 엄마의 등을 응시했지만 더 이상의 반응은 없었어. 할 수 없지. 그만 일어나 방을 나오는 수밖에. 나는 살며시 문을 닫았어. '쾅' 소리 없이.

포근한 곰 인형

"늘 은유를 생각하세요, 은유를! 은유가 가장 중요한 겁니다!"

독일어를 가르치는 하인 선생님은 늘 이렇게 강조하지.

"딱히 뭐라고 꼬집어 말할 수 없는 것을 표현할 수 있게 하는 게 바로 은유예요."

좋아, 그렇다면 한번 해 주지. 니키는…… 추운 겨울날 마시는 따뜻한 코코아, 녹초가 된 저녁에 털썩 드러누울 수 있는 포근한 침대, 그리고 내가 태어나기도 전부터 나를 기다려 준 포근한 곰 인형이다. 어쩌면 이 세 단어가 니키를 묘사하는 가장 적절한 표현일지도 몰라. 언제나 나의 곰 인형 같은 존재. 니키는 늘 옆집에 살았고, 우리는 항상 베프였지.

하지만 오늘은 무엇보다도 나의 실험실 토끼가 좀 돼 줘야겠어. 지금 내가 시험해 보려는 일은 다른 사람하고는 절대 할 수 없거든.

나는 니키한테 가려고 집을 나섰어. 사실 평소 같으면 그냥 뒷마당 울타리를 훌쩍 뛰어넘어서 갔겠지만, 오늘은 그럴 수가 없었어. 그랬다가는 죄다 흘러내릴지도 모르니까. 난 아직 브래지어가 없기 때문에 이 작은 실험을 위해 엄마 걸 슬쩍했어. 그런데 엄마의 브래지어는 아빠가 쓰는 사무실용 클립 가운데 가장 큰 걸로 끈을 뒤에서 한 번 더 조였는데도 여전히 좀 헐렁했어. '티비스의 뷰티팜'에 소개된 '놀라운 브래지어 속임수'에서 시키는 대로 다 했는데 말이야.

1. 컵에 여유가 조금 있는 브래지어를 고른다.
(나한테는 문제도 아니지.)

2. 양말 두 짝을 준비한다. 양말을 각각 반으로 접은 다음 양말 끝을 구멍 안으로 집어넣는다.

3. 접은 양말을 브래지어 밑 쪽에서 컵 안으로 밀어 넣는다. 이때 양말의 발꿈치 부분이 바깥쪽을 향하게 할 것. 그리고 브래지어 밖으로 양말이 삐져나오지 않도록 주의! 이제 풍만하고 아름다운 가슴이 마법처럼 연출될 테니 두고 보시라!

나는 물론 마법이 너무 과해지지 않도록 조심했어. 갑자기 눈에 너무 띄는 것도 좀 그러니까. 0이 별안간 100이 된다고 생각해 봐. 그래서 일부러 얇은 양말을 선택했지. 그래도 티가 좀 나긴 나야 하니까 어느 정도 몸에 착 달라붙는 티셔츠를 입었어.

나는 내 몸을 내려다봤어. 갑자기 가슴이 생기다니. 기분이 이상했어. 하지만 나쁘지는 않았어. 아니, 좋기까지 했어. 등허리가 저절로 곧게 펴지고 어깨가 당당해지는 게 느껴졌어. 나는 니키의 반응을 보기 위해 조금 번거롭기는 해도 현관문으로 나와 니키의 집으로 걸어갔어.

멀리서부터 니키와 니키 아빠의 목소리가 들려왔어. 누가 들으면 유치원에서 아이들 노는 소리 아니냐고 하겠지만 천만의 말씀. 나한테는 이미 익숙한 소리였어. "헤이, 기다려!", "두고 봐. 거기 서지 못해?", "비켜, 이제 내 차례다!" 그러고 나서 이어지는, 헷갈리려야 헷갈릴 수 없는 말투. "무례하구나, 누구한테 감히……?"

저런 식으로 말하는 사람은 내 친구들 중에 딱 한 명, 니키밖에 없었어. 니키는 말할 때 예스럽게 말하는 것을 좋아했어. 초등학교 독일어 시간에 우리는 비슷한 놀이를 자주 했어. 담임이었던 볼터 선생님이 과거의 어떤 상황을 제시하면 우리는 각자 하나씩 역할을 맡아서 역할극을 해야 했어. 로마 시대, 중세 시대, 나는 그 역할극 놀이가 끔찍이도 재미없었지만 니키는 열광해 마지않았어. 얼마 안 가 니키는 학교 수업 시간에만 맡은 역할을 흉내 내는 것이 아니라 평소에도 툭하면 연극 대사처럼 말해서 다른 아이들의 신경을 거슬렀어.

두 사람이 노는 소리를 내내 들으면서 걸어왔는데도, 모퉁이를 돌아 니키네 집 뒷마당에 다다르는 순간 내 눈을 믿을 수가 없었어. 정말이지, 상상도 할 수 없는 장면이 펼쳐지고 있었거든.

두 사람은 잔디 위에서 뛰고 달리면서 서로에게 물총을 쏘아 대고 있었어! 그러느라 그렇게 온 동네가 떠나가라 고래고래 소리를 지르고 있었던 거야. 아직 양복 차림인 것으로 보아 니키의 아빠는 조금 전에 집에 온 것 같았어. 하지만 넥타이는 이미 탁자에 길게 널브러져 있었지. 발도 벌써 맨발이었는데 뛰어다니다가 아무렇게나 벗어 던졌는지 흰 양말 두 짝과 구두 두 짝이 마당 여기저기에 나뒹굴고 있었어.

나는 잠시 걸음을 멈추고 두 사람을 지켜보았어. 니키는 물총 놀이에 완전히 빠져 있었어. 잔디밭으로 몸을 던져 빙그르르 구르면서 제 아빠한테 물총을 쏘고, 벌떡 일어나 정원 탁자 뒤로 몸을 숨기고, 그와 동시에 적의 물세례를 막아 내기 위해 넥타이가 바닥에 떨어지는 것도 아랑곳 않고 탁자를 넘어뜨려 방패처럼 썼어. 어처구니가 없기는 니키의 아빠도 마찬가지였어. 물론 아들만큼 민첩하진 못했지. 아저씨는 가로로 재나, 세로로 재나 길이가 얼추 같았거든. 사실 아저씨는 공 모양이었어. 머리카락이 거의 남지 않은 아저씨의 머리는 구슬처럼 반짝였지. 알이 두꺼운 안경이 자꾸 흘러내리는 바람에 아저씨는 툭하면 안경을 올리려고 코를 찡그리는 게 어느덧 버릇처럼 되었어. 하지만 소용없었어. 한번 웃었다 하면 어차피 안경은 주르르 흘러내리고 말았으니까. 그런데도 아저씨는 굉장히 자주 웃었어. 나는 그런 아저씨를 무척 좋아했어.

니키도 크면 꼭 자기 아빠 같아질 거란 생각을 곧잘 해. 눈을 감으면 두 사람은 지금도 벌써 구별하기가 힘들어. 말투가 똑같거든. 무슨 얘기를 할 때면 늘 정열적으로, 엄청나게 흥분한 사람들처럼 열

변을 토해. 니키의 엄마가 어떻게 생겼는지는 나도 몰라. 예전에는 거실 벽난로 위에 엄마 사진도 몇 장 있었다고 들은 게 다야. 하지만 어느 날 아저씨가 사진을 싹 다 치워 버리더니 다시는 꺼내 놓지 않았대. 그래서 지금은 아버지와 아들, 두 사람 사진만 있어. 참 이상하지? 우리 집에는 내 사진만 있는데 말이야. 나라면 진작에 치워 버렸을 사진들까지 죄다 주르르 세워 놨지. 예를 들어 짧고 튼실한 X자 다리로 에어풀 옆에 발가벗고 서 있는 사진 같은 거 말이야. 하지만 어쩔 수 없어. 그것들은 그냥 거기 그렇게 있는 거니까. 벽난로는 정말 이상도 하지. 가만 보면 그 어떤 넷플릭스 시리즈보다 더 많은 이야기를 하는 게 벽난로 같아.

물총이라니, 나 참 어이가 없어! 내가 마지막으로 물총을 가지고 논 건 몸에 뭔가를 걸쳤는지 안 걸쳤는지가 전혀 상관없었던 때였을 거야. 결국, X자 다리 사진을 찍었을 즈음이라는 얘기지.

드디어 니키가 나를 봤어.

"어, 아멜리에!"

니키가 내 쪽으로 달려 나오며 물총으로 나를 겨냥했어. 하지만 내 눈빛을 보더니 총을 슬그머니 내렸지.

"아…… 안녕?"

"안녕?"

나는 새침하게 인사를 건네며 드디어 작은 문을 통해서 마당 안으로 들어갔어. 그러고는 시침을 뚝 떼고 니키 바로 앞으로 가 똑바로 섰어. 말은 한마디도 하지 않았지만 허리를 좀 더 꼿꼿하게 폈지. 그러고는 희망에 부풀어 니키를 똑바로 쳐다보았어.

"어…… 너 무슨 일 있니?"

니키가 마침내 조심스럽게 물었어.

"나 뭐 좀 달라진 것 같지 않아?"

내 말에 니키가 입을 다물고 나를 곰곰이 뜯어봤어. 하지만 곧 고개를 저었어.

"아니, 뭐가 달라졌는데?"

"모르겠어? 그러지 말고 자세히 좀 봐 봐."

나는 고집을 부렸어.

"흠."

니키는 정말 열심히 생각하면서 나를 아주 자세히 훑어봤어. 그러더니 갑자기 좋은 생각이 난 듯이 얼굴이 환해졌어.

"힌트 하나만 주시옵소서!"

나는 한숨을 쉬며 손사래를 쳤어.

"됐어. 관두자."

아무래도 분위기가 너무 장난스러운 것 같았어. 그래서 나는 마당을 가로질러, 넘어져 있는 탁자 쪽으로 갔어. 니키에게 마지막 기회를 주기 위해서였지.

"어서 와라, 아멜리에. 정말 오랜만이다!"

니키의 아빠가 양복저고리를 벗더니 이미 양말 한 짝이 널브러져 있는 잔디밭으로 휙 내던지며 내 쪽으로 뛰어왔어. 그리고는 숨을 헉헉 몰아쉬며 내 앞으로 오자마자 환하게 웃었어. 아차, 아저씨는 재빨리 코를 찡긋했지만 이미 늦었어. 이번에는 손으로 안경을 올릴 수밖에.

"시원한 음료수 한 잔 갖다줄까?"

나는 내 앞에 선 아저씨 모습을 보고 웃지 않을 수 없었어.

"네, 고맙습니다!"

내 말이 떨어지기가 무섭게 아저씨는 돌아서서 집 안으로 사라졌어. 이번에는 또 뭘 벗어 던진 채 마당으로 나올까?

니키가 탁자를 다시 일으켜 세우더니 자리에 앉았어. 내게도 앉으라는 듯 의자를 하나 권했지.

"어떻게 지냈어? 왜 이렇게 얼굴 보기가 힘드냐?"

"그러게 말이다."

어느새 쟁반을 들고 마당으로 다시 나온 아저씨가 맞장구를 쳤어. 아저씨는 이제 러닝셔츠 차림이었어.

"너희 둘이 같은 반이 아니라서 진짜 속상하다!"

아저씨가 그러면서 어찌나 사랑스럽게 웃던지 난 의자에서 벌떡 일어나 아저씨를 꼭 안아 주고 싶었어. 니키도 같은 마음인 듯 옆에서 열심히 고개를 끄덕였어.

작년, 우리가 2년간의 적성 시험 학년(상급 학교 진학 후 5, 6학년을 시험 학년이라고 하며, 시험 학년 이후 현 학교의 형태가 학생에게 적합하지 않다고 판단되면 비인문계 등 다른 형태의 학교로 전학하게 된다: 옮긴이)을 마치고 7학년으로 올라가게 되었을 때 니키는 늘 그랬듯 같은 반이 되고 싶은 친구로 나를 적어 냈어. 초등학교 때부터 우리는 언제나 그렇게 했고, 또 언제나 그렇게 됐지. 하지만 난 어떤 희생을 감수하더라도 리나랑 셀리네하고 같은 반이 되고 싶었어. 반에서 제일 쿨한 여자애들이었거든. 덕분에 두 명의 이름을 써낼 수 있는 기회를 다 써 버리고 말았어.

학급 발표가 끝났을 때 흥분해서 달려온 니키의 얼굴에 실망한 빛이 얼마나 역력하던지. 아마 난 그 얼굴을 평생 잊지 못할 거야. 니키는 실수가 틀림없다고 믿고 있었어. 그래서 사실대로 말해 줄 수밖에 없었지. 니키는 아무 말도 하지 않았어. 어떤 상황에서든 만들어 내던 옛날 말투조차 그때는 떠오르지 않는 것 같았어. 니키는 나한테 아프게 꼬집히고 있는 듯한 얼굴로 나를 바라보았어. 그럼 최소한 두 번째로 원했던 친구하고는 같은 반이 됐냐고 내가 물었지. 아니, 니키가 웅얼거렸어. 그제야 나는 모든 걸 알아차렸어. 확실하게 할 작정으로 내 이름만 두 번을 썼던 거야.

"리나랑 셀리네랑은 어때?"

니키가 진심 어린 목소리로 물었어. 진짜 뒤끝이 없는 애였지. 나는 니키의 그런 점이 정말 좋았어.

그 애들이 과연 내 친구일까? 나는 어깨만 으쓱해 보였어. 솔직히 확신이 안 갔어. 물론 그 애들이 나를 피하는 건 아니었어. 그렇지만 그 이상도 아니었지. 늦은 오후 시간이기는 했지만 약속을 해서 몇 번 만난 적도 있었어. 우리 집에서. 늘 시험 보기 며칠 전이라 내가 그 애들을 도와줘야 했지. 뭐, 그래도 만난 건 만난 거니까.

"어, 뭐 괜찮아."

나는 모호하게 얼버무렸어.

"너 아직도 게네 숙제해 주니?"

니키가 집요하게 물었어.

"아니, 그때 딱 한 번 해 준 거야."

나도 모르게 반응이 세게 나왔어. 니키 녀석, 별것도 아닌 걸로 이렇게 끈질기게 물고 늘어지다니! 그냥 딱 한 번, 수업 시작하기 전에 운동장에서 두 아이의 숙제를 휘리릭 해 준 적이 있었어. 딱 한 번! 물론 두세 번이었을 수도 있지만, 절대 그 이상은 아니었어.

그때 아까처럼 요란한 괴성이 울려 퍼졌어. 마당 울타리 쪽에서 들리는 소리였어. 돌아보니 팀하고 루크가 울타리를 넘어오고 있었어. 학교 운동장에서 몇 번 본 아이들이었지. 니키하고 같은 반이고, 쉬는 시간에 아직도 가끔 5학년들처럼 잡기 놀이를 하는 애들이었어! 슬슬 일어나는 편이 정신 건강에 좋을 것 같았어.

"그럼 난 이만 가 볼게."

니키가 놀란 눈으로 날 쳐다봤어.

"이렇게 금방?"

내가 고개를 끄덕이자 니키가 얼른 덧붙였어.

"우리도 다시 뭐 좀 같이 하자, 응?"

내 발은 벌써 멀어져 가고 있었지만, 예의상 한 번 더 뒤를 돌아봐 주었어.

"뭐? 코흘리개들 놀이?"

젠장, 참으려고 했는데 이렇게 빈정대다니. 순간, 내 등허리에 차가운 물줄기가 날아와 꽂혔고, 팀과 루크는 내 옆을 지나 마당으로 돌진했어. 귀청이 떨어져 나갈 듯 소리를 지르면서.

독수리

뭐야, 벌써 8시잖아! 나는 늘 그렇듯 마지막 순간에 교문을 통과했어.

"아멜리에, 운동장에서 자전거 타면 안 된다고 몇 번을 말했니?"

수학 담당 뷔헬 선생님이 성난 손짓을 하면서 내 쪽으로 다가왔어.

네, 네, 알았으니까 진정하세요. 어린애들 치지 않게 제가 어련히 알아서 할까요. 내가 짜증스레 브레이크를 누르며 자전거에서 내리는데 저 뒤쪽에 앉아 있는 리나랑 셸리네가 눈에 들어왔어. 머리를 맞대고 뭔가를 열심히 보고 있었지. 나는 얼른 자전거를 잠근 뒤 그애들 쪽으로 다가갔어.

쟤네들은 도대체 어쩜 저렇게 늘 멋을 잘 낼까? 나는 리나와 셸리네를 볼 때마다 진짜 신기했어. 그 두 아이는 뭘 입든, 어떻게 꾸미든 항상 잘 어울렸어! 가령 리나한테는 코바늘로 뜬 모자가 있었는데 가끔씩 그걸 쓰면 얼굴이 더 돋보였어. 내가 쓰면 두루마리 휴지를 둘둘 말아 놓은 것처럼 보일 텐데 말이야. 셸리네는 망토를 입고

있었는데, 저거 좀 봐, 내가 입은 아빠 셔츠보다 훨씬 더 펑퍼짐한데
도 가슴이 덮이지 않고 오히려 훨씬 더 두드러져 보이잖아? 정말 불
가사의한 일이야.

"안녕!"

내가 숨을 헐떡이며 인사를 건넸어. 하지만 둘이 본 척도 하지 않
았기 때문에 나는 하는 수 없이 까치발을 하고 어깨너머로 그 애들
이 보는 걸 들여다볼 수밖에 없었지. 둘이 보고 있는 것은 휴대폰이
었어.

"아, 난 또 뭐라고. 루이자 보고 있었구나. 나도 얘 팔로우한 지 꽤
됐어. 얘 헬스 팁이 괜찮지."

내가 무심한 척 말했어.

"진짜 굉장하다. 이거 좀 봐!"

리나가 경탄해 마지않는 목소리로 속삭였어.

나는 좀 더 잘 볼 욕심에 목을 더 길게 뺐어.

"뭔데?"

"쩐다, 쩔어!"

이번엔 셀리네가 속닥거렸어.

나는 조심스레 셀리네와 리나 사이로 끼어 들어갔어. 아주아주 조
금만. 하지만 셀리네가 바로 날카롭게 쏘아붙였어.

"야, 너 제정신이니?"

하지만 그제야 나도 두 아이가 뭣 때문에 그렇게 흥분하는지 볼 수
있었어. 루이자가 포스팅한 비포, 애프터 사진 때문이었어.

"정말 믿을 수가 없다, 믿을 수가 없어. 얘 또 1킬로를 뺐어!"

리나가 환호했어.

그래, 내 눈에도 보였어. 루이자는 몇 주 전부터 팔로워들한테 자기 몸매를 최적화해 가는 과정을 계속 업데이트하고 있었어. 엄격한 다이어트 식단을 지키는 것은 물론 온몸의 근육을 구석구석 단련하는 피트니스 운동을 일주일에 세 번씩이나 했지.

"그럼 벌써 10킬로야! 봐, '좋아요'가 벌써 10만을 넘었어!"

셀리네가 열정적으로 맞장구쳤어.

사실 나는 루이자가 늘 날씬하다고 생각했어. 어쨌거나 나보다는 훨씬 더 날씬했지. 내 시선이 다시 한번 애프터 사진에 꽂혔어. 이제 정말 말랐구나. 너무 많이 말랐어. 골반뼈가 앙상히 드러나 보이네. 하지만 왠지 건강해 보이지는 않았어. 얼굴도 너무 창백해 보였고.

"굉장하네."

나는 텅 빈 목소리로 말했어.

바로 그 순간, 느낌이 왔어. 보기도 전에. 고개도 들지 않았지만, 우리 옆을 지나가는 남자애가 누군지 정확히 알 수 있었지. 엘리아스!

엘리아스는 그냥 평범한 남자애가 아니었어. 이벤트요, 센세이션이었으니까. 적어도 나는 그렇게 느꼈어. 그 애의 웃음소리가 들렸어. 숨이라도 넘어갈 듯 큰 소리로 꺽꺽대는 그 애 친구들의 웃음소리와는 달리, 엘리아스의 웃음에서는 즐거움과 상냥함이 배어 나왔지. 친구들 이름이 아마 벤하고 마티스였지? 셋은 언제나 같이 다녔어. 한 사람만 있는 경우는 거의 없었어. 유감스러운 일이었지.

나는 수줍은 눈길로 엘리아스를 건너다보았어. 정말이지, 모델이나 배우를 해도 손색없는 외모였어. 키도 훤칠하지, 어깨도 배우 채닝 테이텀만큼 떡 벌어졌지, 모르긴 몰라도 식스팩 역시 비슷할 게 분명해! 하지만 그게 다가 아니었어. 탐스러운 다갈색 곱슬머리, 귀여운 미소 그리고 무엇보다도 그 눈빛! 딱 한 번 이 운동장에서 눈을 마주친 적이 있었는데, 아주아주 짧은 순간이었지만 무릎이 어찌나 후들거리던지 난 탁구대를 짚을 수밖에 없었어. 존경하는 하인 선생님, 은유를 원하셨나요? 그럼 기꺼이 보여 드리죠! 엘리아스는 나를 태우고 저 높은 창공으로 날아올라 이 세상의 황홀함을 보여 주는 독수리, 그의 눈빛은 어둠에 감싸인 미지의 동굴, 매혹적인 두려움.

나는 미드에나 나올 법한 이야기를 상상할 때가 많았어. 내 상상 속 주인공은 당연히 배우 블레이크 라이블리가 아니고 '나'였지. 예를 들면 이런 식이었어. 나는 쇼핑백과 쇼핑 상자 들을 한 아름 안고 인파를 헤치며 겨우겨우 걷고 있어. 발이 어디를 내딛는지 내려다볼 수가 없어서 번번이 사람들한테 부딪혀. 하지만 나는 그때마다 눈부신 미소로 사과를 해. 긴 금빛 머리카락, 늘씬한 몸매, 어디 하나 나무랄 데 없는 외모의 소유자이지만 왠지 세상 물정을 몰라 보호해 줘야만 할 것 같은, 빛이 뿜어져 나오는 아가씨야. 지나가는 사람들마다 모두 고개를 돌려 나를 흘깃거리지만 나는 전혀 눈치채지 못해.

그때 저쪽에서 누가 걸어오고 있어. 바로 엘리아스지. 슬픈 표정, 기댈 곳을 찾지 못해 방황하는 모습. 누구한테 실망스러운 일을 당했거나 무슨 안 좋은 일이 있었던 것 같아. 그래서 지금 어쩔 줄 모르고 절망에 빠져 헤매는 거야.

그런데 그 두 사람이 동시에 건물 모퉁이를 돌겠지? 엘리아스는 저쪽에서, 나는 이쪽에서. 서로 조심하지 않고 건물을 휙 돌아가려다 그만 쿵! 탑처럼 쌓여 있던 쇼핑 상자가 와르르 무너져 내리면서 내 얼굴이 드러나. 엘리아스는 나를 보는 순간 마음을 사로잡히고 말아. 내게서 좀처럼 눈길을 못 떼지. 나를 도와 쇼핑백과 상자 들을 모으면서도 엘리아스는 나만 뚫어져라 보고 있어. 하지만 나는 눈치조차 못 채고 당황스럽게 웃으며 주책없이 흘러내리는 머리만 계속 뒤로 쓸어 넘겨. 그러면서 미안하다는 말만 연거푸 해 대지. 하지만 엘리아스는 한마디도 하지 못해. 그만큼 내게 푹 빠진 거야. 겨우, 다 자기 잘못이라고 더듬거릴 뿐이야. 간신히 정신을 차리고 내 휴대폰 번호를 물어보려고 하지만 나는 벌써 인파 속으로 사라진 뒤야. 내 뒤를 쫓아오려고 해도 그 역시 여의치 않지.

그 뒤로 몇 주 동안, 엘리아스는 절망에 빠진 시간을 보내. 어떻게 해서든 나를 다시 만나려고 해 보지만, 뉴욕처럼 큰 도시에서 그게 어떻게 가능하겠어? 엘리아스는 며칠 동안 우리가 마주쳤던 시내 근처를 배회했지만, 소용없는 일이었어. 그만 잊어버리라는 친구들의 충고에도 엘리아스는 포기하지 않고 주요 일간지에 광고를 내고, 직접 그린 내 초상화를 가로수 기둥 곳곳에 붙이고 다녀. 어디에 있어요? 연락해 줘요!

시간이 흘러 희망이 서서히 사그라질 무렵, 엘리아스는 자기가 내

붙인 벽보를 믿을 수 없다는 듯 읽으며 서 있는 어느 젊은 여인의 뒷모습을 우연히 발견해. 바로 나지! 엘리아스는 재빨리 달려와 쿵쾅거리는 심장을 진정시키며 말을 걸어. 내가 그를 돌아보는 순간 우리는 둘 다 느낄 수 있어. 지금 막 굉장한 일이 일어났다는 사실을 말이야.

대충 이런 식이었어. 나는 이와 비슷한 이야기들을 자주, 솔직히 털어놓자면 상당히 자주 머릿속으로 그렸어. 특히 잠 못 이루는 밤이면. 엄마가 오기를 기다리면서.

1교시를 알리는 종소리가 울렸어. 리나는 얼른 휴대폰을 끄고 가방에 집어넣었어. 그러고는 셀리네하고 건물로 향했지. 나도 그 뒤를 개처럼 쫓아갔어.

자연 선택

베커 선생님 왕따시키기 시간. 주제는 진화. 과연 베커 선생님 같은 사람이 환경에 적응해 살아남을 수 있을까? 아니면 그대로 도태되어 버릴까? 선생님은 도대체 요령이 없었어. 도무지 아이들을 휘어잡지 못했지. 생물 시간만 되면 렌나르트, 파울, 다비트 그리고 팀이 누구보다 의기투합해서 쇼를 해 댔어. 특히 주제가 '남자와 여자'면 그야말로 가관이었지. '성'으로 시작하는 단어만 나왔다 하면 미친 듯이 웃어 대는데, '성징'같이 교과서적인 단어가 나와도 마찬가지였어.

짜증 나는 일은 그뿐만이 아니었어. 리스트 작성은 더 기가 막혔어. 지난주에도 그 애들이 작성한 새 리스트가 또 한 번 쫙 돌았지. 자기들 멋대로 여자애들 외모 순위를 1위부터 15위까지 정한 거였어. 돌고 돌던 리스트가 드디어 나한테까지 왔지만 난 거들떠보지도 않고 바로 넘겨 버렸어. 그런데 엠마는 갑자기 얼굴이 새빨개져서 자리에서 벌떡 일어났어. 그러고는 더듬더듬 '화장실'이 어쩌고 하면

36

서 나가 버렸지.

생물 시간이면 누구나 그렇듯 나도 최대한 빨리 생물실에 들어가려고 애썼어. 생물실은 자리가 정해져 있지 않았기 때문에 앉고 싶은 자리에 마음대로 앉을 수 있었어. 문제는 벌써 수십 년 전부터 '성교육'이 시행되어 온 덕분에 선배들이 의자에다 구역질 나는 낙서를 너무 많이 해 놓았다는 거야. 나를 포함한 아이들 대부분은 그런 자리에 앉기 싫어했어.

나는 교실을 한 번 휘 둘러봤어. 젠장, 셀리네하고 리나가 의기양양한 얼굴로 뒤쪽 구석에 마지막으로 남은 자리에 앉고 있었어. 나는 구역질 나는 낙서 의자에 앉든지 키라 옆자리에 앉든지 둘 중 하나를 골라야 했어.

키라는 우리 반에 새로 온 아이였어. 7학년을 한 번 더 다녀야 한다는데 자세한 이유는 아무도 몰랐어. 아이들과 전혀 어울리지 않았기 때문에 나도 아는 게 거의 없었지. 한 가지 분명한 사실은 쉽게 화를 낸다는 거야. 우리 반에서도 벌써 몇 명이 뚜렷한 이유 없이 아주 거친 욕설을 들어야 했어. 그 뒤로는 아무도 키라와 사귀려 하지 않았어. 하지만 나는 그 애와 아무 문제도 없었어. 아니, 오히려 나한테는 꽤 상냥하게 구는 편이었어. 남자애들의 환호성을 들으며 이상한 낙서 위에 앉느니 키라 옆에 앉는 게 백 배쯤 나아 보였어.

나는 곁눈질로 키라를 슬쩍 훔쳐보았어. 확실히 좀 다른 데가 있었어. 사실 키라의 맨얼굴은 제대로 알아보기조차 힘들었어. 눈은 새까맣게 그리고 눈꼬리는 위로 올라가 보이게 화장을 한 탓에 약간

으스스하고 음산해 보였지. 머리도 검은색이었는데, 젤을 발라 세웠는데도 앞머리가 흘러내려서 얼굴을 거의 다 가리고 있었어. 그리고 가만 보니 팔찌라면 사족을 못 쓰는지, 저래서 과연 팔을 들어 올릴 수 있을까 싶을 정도로 많은 팔찌를 양팔에 주렁주렁 차고 있었지. 덕분에 조금만 움직여도 성마른 쩔렁거림이 울려 퍼졌어.

하지만 내가 제일 놀란 건 그 애의 옷차림이었어. 결코 마른 몸매가 아닌데, 아니 오히려 배가 꽤 불룩 튀어나온 편인데도 늘 몸에 딱붙는 원색 톱이나 셔츠를 입고 다녔거든. 그래서 조금만 쩔렁거리며 움직여도 옷이 말려 올라가면서 삼겹살이 드러났어. 꽉 끼는 바지역시 늘 터지기 일보 직전이었어. 하지만 키라는 전혀 신경을 쓰지 않았고, 다른 애들도 키라라면 놀리기는커녕 입도 뻥긋 못 했어.

어느새 베커 선생님의 수업이 시작됐어. 선생님은 전자 칠판에 어떤 남자의 초상화를 보여 주고 있었는데 벌써 긴장이 되는지 얼굴이 빨갛게 상기되어 있었어.

"찰스 다윈은 아주 다른 환경에서 사는 다양한 동물 종을 관찰하면서 그들의 생활 습관과 생김새를 연구했습니다. 얼마 안 가 그는 동물들이 오랜 세월이 지나는 동안 살아가는 환경에 아주 잘 적응했다는 사실을 알아냈어요. 그렇게 해서 다윈은 《종의 기원》이라는 유명한 책을 쓰게 된 것입니다."

렌나르트가 원숭이처럼 꺽꺽, 쩝쩝거리며 주먹으로 가슴을 치기시작했어. 나는 저절로 한숨이 나왔어.

베커 선생님의 말이 빨라졌어. 동시에 손에 든 만년필 뚜껑을 어찌나 불안스레 열었다 닫았다 하던지 마침내 블라우스에 굵은 잉크 방울이 뚝 떨어지고야 말았지.

"다윈은 생명체의 적응이 어떤 식으로 이루어지는지도 알아냈습니다. 《종의 기원》에 다윈은 '자연 선택'이라는 표현을 쓰고 있는데, 그 이론에 따르면 환경 적응력이 높을수록 번식력도 높다고 합니다."

끝내 남자애들 사이에서 커다란 함성이 튀어나왔어. 렌나르트는 이제 이상한 소리만 내는 게 아니라 아예 엉덩이를 앞뒤로 흔들며 피스톤 운동 흉내를 냈어.

베커 선생님은 눈을 질끈 감은 채 말을 마쳤지.

"환경 적응력이 높은 개체가 살아남아 더 많은 자손을 낳고, 그렇게 해서 유리한 형질이 살아남는 겁니다."

선생님은 기진맥진한 모습으로 전자 칠판에 띄웠던 슬라이드를 끄고 연습 문제를 나눠 주기 시작했어.

하지만 렌나르트와 그 패거리들은 연습 문제 따위는 안중에도 없었어.

"어떤 게 유리한 형질인지는 내가 잘 알지!"

파울이 고함을 치더니 두 손으로 아주 커다란 여자 가슴을 흉내 내어 보였어.

"이런 형질이 살아남겠다면 굳이 반대할 이유가 없지!"

그래, 웃기기도 하겠다. 나는 연습 문제지에다 고개를 더 깊숙이 파묻었어. 계속 저러리라는 것을 알았으니까. 괜히 눈에 띄어서 표적이나 되지 말아야지.

베커 선생님이 절망적인 목소리로 "제발 조용히들 좀 하세요!"라고 아무리 외쳐도 소용없었어. 조금 잦아들기는 했지만, 여전히 누구나 들을 수 있는 목소리로 이번에는 몇몇 여학생의 '유리한 형질'을 평가하기 시작했어. 엠마가 재빨리, 나보다 더 깊숙이 몸을 숙였어. 물론 나보다 더 깊이 몸을 숙이기는 거의 불가능에 가까웠지만 말이야. 셀리네하고 리나만 아무렇지도 않은 듯 굴었어. 당연하지, 저 둘이야 겁날 게 없을 테니까.

나는 열심히 문제를 푸는 척했지만, 귀로는 모두 듣고 있었어.

"요한나는 어때?"

"뭐 나쁘진 않지."

"카롤린은?"

"오호, 글쎄……."

곁눈질로 훔쳐보니 팀이 느긋하게 의자 등판에 몸을 기대고 앉아 반 전체를 죽 훑는 모습이 보였어. 아니나 다를까, 올 것이 오고야 말았지.

"아멜리에는 어때?"

목소리가 온 교실에 어찌나 쩌렁쩌렁 울리던지 마이크에 대고 소리친 것처럼 들렸어. 갑자기 교실이 조용해지면서 다들 숨을 멈추고 대답을 기다렸지. 순간 정신이 아득해지면서 귓전에서 윙윙대는 날카로운 바람 소리 말고는 아무것도 들리지 않았어. 아주 잠시, 교실이 아무리 소란스러워도 키라만큼은 무심하다는 생각이 머리를 스치고 지나갔어. 그 애는 나한테 물어보지도 않고 내 연습 문제지를 가져가더니 베껴 쓰기 시작했어.

드디어 대답이 들려왔어. 불행히도 너무나 명확하고, 너무나 분명하게.

"아멜리에? 쟤 완전 절벽이잖아. 아마 생리도 아직 안 할걸!"

이제 내 귓가에서는 폭포가 떨어져 내리고 있었어. 동시에 내 얼굴은 오븐에 들어간 것처럼 뜨거워졌지. 온몸의 피가 앞다투어 한꺼번에 머리 쪽으로 치솟았다가 막무가내로 콸콸 흘러내리는 것 같았어. 그쪽으로. 저런 말도 안 되는 소리를 지껄이다니! 내가 생리를 안 하긴 왜 안 해? 나도 벌써 시작했다고. 적어도 내 생각에는……. 솔직히 아직 많이 나오는 건 아니지만……. 그래도 처음에는 누구나 다 그런 거 아니야? 엄마한테 한번 물어보고 싶기는 한데.

나는 책상에 고개를 더 파묻었어. 킥킥대는 소리와 간신히 위기를 모면한 여자애들이 분노한 척 떠들어 대는 소리, 그 두 소리가 뒤섞여서 어찌나 듣기 싫던지 마음 같아서는 책상 밑으로 기어 들어가 아예 사라져 버리고 싶었어.

"야, 렌나르트, 넌 애가 왜 그러니!"

"이제 그만들 좀 해요! 수업 계속하게."

하지만 베커 선생님은 말만 그렇게 할 뿐, 스스로도 확신이 서지 않는 목소리였어.

나는 꼼짝 않고 앉아서 아무것도 하지 않았어. 종소리와 함께 쉬는 시간이 시작되면 얼른 도망치는 게 내 계획이었어. 언젠가는 다들 잊어버리고 다시 조용해질 테니까. 그때 옆에서 나를 뚫어지게 바라보는 시선이 느껴졌어. 조심스레 눈을 들었어. 키라였지.

나는 얼른 시선을 돌려 버렸어. 키라까지 합세하면 진짜 나가 버려야겠다고 생각하고 있는데 키라가 나를 거칠게 툭 쳤어.

"야, 너 그냥 가만히 있을 거야?"

나는 놀라서 고개를 들어 키라를 보았어. 조금 전까지 내보였던 무관심한 표정은 온데간데없이 사라지고 지금은 분노를 가까스로 억누르는 기색만 역력했어. 나는 움찔했어.

"그럼 뭘 어쩌라고?"

내가 속삭였어.

"어쩌긴 뭘 어째? 싸워야지."

"그래 봤자 소용없어."

"없긴 왜 없어? 네가 안 하겠다면 내가 해 주지."

키라는 말을 마치기가 무섭게 칠판 쪽으로 돌아앉더니 손을 번쩍 들었어. 베커 선생님이 바로 이름을 부르지 않자 키라는 못 기다리겠다는 듯 손가락까지 마구 튕겨 댔어.

"그래, 키라. 왜 그러니?"

키라가 벌떡 일어섰어.

"선생님, 드디어 변이가 뭔지 알 것 같아요."

키라가 큰 소리로 외치며 렌나르트를 가리켰어.

"저기 쟤 말이에요, 쟤. 아마 뇌세포가 하나만 적었으면 식물이었을 거예요."

키라가 쿨하게 말했어.

모처럼 렌나르트의 피를 거꾸로 솟구치게 하는 웃음소리가 온 교실에 와자하게 퍼지는 동안, 나는 다시 한번 연습 문제지 위로 고개를 깊숙이 파묻었어. 하지만 이번에는 나도 씩 웃고 있었지.

거울 속의 소녀

얼마 전부터 나는 비밀리에 누군가를 만나고 있어. 처음엔 그저 가끔 만났지만, 시간이 지나면서 점점 더 자주 만나게 되었지. 특히 빛이 희미해지면서 땅거미가 지기 시작하는 저녁 무렵이 되면.

나는 내 방으로 올라가 아빠가 들어오지 못하게 문을 잠가. 블라인드를 내리고 스탠드 불빛을 부드럽게, 빛이 어슴푸레한 정도로만 방을 비추도록 밝기를 최대한 낮추지. 그건 아주 중요해. 준비가 다 끝나면 내 방 옷장 문을 열어. 문 안쪽에는 커다란 거울이 붙어 있어.

거울 속 소녀는 늘 무척 수줍어하지만, 표정은 기대에 차 있어. 옷을 모두 벗은 채로. 나는 그 애를 위에서 아래로 찬찬히 뜯어봐. 그렇지만 동시에 미소를 지어 소녀를 안심시키려고 노력하지. 하지만 감출 수가 없어. 내 눈에 비치는 그 모습에는 문제가 있어. 머리카락만 해도 그래. 어찌나 가는지 전혀 자라지 않는 것 같아. 얼굴은 윤곽을 잡아 주는 광대뼈도 없이 그저 둥글기만 하고, 코는 매부리코, 입술은 너무 얇아서 잘 보이지도 않아. 그리고 저 가슴! 배하고는 너무나 대조되게 빈약하기 짝이 없어. 여기에서 소녀는 항상 잠깐 옆으로 돌아서. 그래, 너무 불룩 튀어나왔어. 반면에 엉덩이는 납작하고. 사이 갭(발을 붙인 상태에서 허벅지 사이에 생기는 공간: 옮긴이)은 어떻지? 찾아볼 수가 없네. 소녀가 두 발을 살짝 떼도 허벅지 사이로 들어오는 빛 같은 건 전혀 보이지 않아.

"저지방식을 하면서 아령을 이용한 강도 높은 운동을 꾸준히 해 주세요! 그럼 사이 갭은 누구한테나 생긴답니다."

피트니스 비디오에서 베로니카가 늘 떠벌리지만 이제 난 믿지 않아.

소녀는 갖가지 노력을 다해. 내 눈에는 다 보여. 다양한 포즈를 취해 보고, 몸을 살짝 옆으로 돌려 보고, 배를 집어넣고, 엉덩이를 내밀면서 턱을 치켜들고 입술을 살짝 앞으로 내밀어 보고. 그래, 좀 낫네. 하지만 그저 잠시뿐이야.

소녀와 나는 한동안 서로를 들여다봐. 그 애의 눈빛은 점점 더 슬퍼지고 점점 더 애절해져. 나는 그 애가 마음에 들어. 정말이야. 하지만 그 애를 도와줄 수가 없어. 지금 그 모습은 괜찮지 않다는 말밖에는 달리 해 줄 얘기가 없어. 마침내 소녀의 눈에는 눈물이 흥건히 고이기 시작해. 바로 그 순간, 나는 늘 옷장 문을 다시 닫아 버리지.

피부밑

"아, 힘들어. 야, 일단 좀 쉬자."

키라는 내가 책상 앞에 갖다 놓은 의자는 무시한 채 침대에 대자로 벌렁 드러누웠어. 이제 막 들어와서 점퍼를 입은 상태였어. 누운 채로 점퍼를 벗더니 그대로 바닥에다 휙 내던지고는 가방에서 감자칩 봉지를 꺼냈어. 양쪽 손목에서 팔찌들이 경쟁하듯 찔렁거렸어.

감자칩? 믿을 수가 없었어. 감자인 척만 하지, 성분 표시를 보면 기름이 제일 위고, 그 뒤를 설탕과 조미료가 바짝 쫓고 있는 저 노르스름한 얇은 조각을 먹다니! 키라가 그 가짜 감자 조각을 꾸역꾸역 집어 먹는 동안 나는 꽉 끼는 탱크톱 밑으로 불룩, 불룩, 불룩 삼 단으로 튀어나온 그 애의 배를 바라보았어. 그러지 않으려 했지만 어쩔 수 없었어. 눈길이 그 애 배에 가서 딱 들러붙었는지 도무지 떼어지지지 않았지. 결국 키라한테 핀잔을 듣고 말았어.

"뭘 그렇게 보냐? 뭐 잘못된 거라도 있어?"

나는 급히 책상 쪽으로 돌아앉아 노트북을 바라보았어.

46

"아, 아니. 그냥 네가 입은 옷이 마음에 들어서."

내가 말을 더듬거렸어.

키라가 다시 감자칩을 와작와작 씹으며 관심 없다는 반응을 보였어.

"그래?"

"자, 피부."

나는 딱히 할 말이 없어서 그냥 시작했어. 키라는 우리 집에 온 게 처음이었어. 생물 수업 마지막 시간에 둘씩 조를 짜서 발표해야 하는데, 키라가 나한테 같이 하겠냐고 물어봤어. 마침 나를 간택해 준 아이가 하나도 없었기 때문에 내심 무척 기뻤지. 그렇게 해서 우리는 '피부'에 대한 발표 준비를 같이 하게 된 거야.

"구글에서 먼저 좀 찾아봤는데."

나는 말을 계속하면서 미리 저장해 두었던 사진들을 불러왔어.

"피부 구조부터 시작하면 될 것 같아. 먼저 피하 조직이 있어. 피하 조직은 결합 조직과 지방으로 이루어져 있는데 지방은 에너지를 저장하는 역할이랑, 근육 조직에 가해지는 압력이나 충격을 완충해 주는 쿠션 역할을 한대."

키라가 뒤에서 큰 소리로 늘어지게 하품을 했어.

"하아아함, 너도 좀 먹을래?"

나는 모니터에 눈길을 고정한 채 고개만 저었어.

"난 에너지랑 쿠션이 너무 많아서."

내 썰렁한 유머에 "말도 안 돼, 그게 무슨 소리야?"라는 대꾸가 침대 쪽에서 들려왔어.

"다음은 진피야."

나는 무시하고 하던 이야기를 계속했어. 큰 소리로 사진 밑에 적힌 글을 읽어 내려갔지.

"진피는 피부의 구조적 안정과 탄력을 유지해 줘."

나는 읽기를 잠시 멈추고 과장된 웃음을 터뜨렸어.

"그럼 내 살들은 다 진피에서 생성된 거네?"

"야, 너 대체 뭐가 문제야?"

키라가 갑자기 나를 휙 돌려 앉히며 고함을 질렀어.

"무슨 말이야?"

내가 기어드는 목소리로 물었어.

"아니, 늘 너에 대해 불평을 늘어놓잖아. 네가 그러는 거 자주 봤어. 너 스스로가 그런 식이니까 남들이 널 우습게 보지!"

나는 뭐라고 말해야 할지 몰라 그저 바닥만 내려다봤어. 감자칩 부스러기가 잔뜩 떨어져 있었어. 나는 발끝으로 부스러기들을 한데 모으기 시작했어.

"너 뭐 하는 거야?"

키라가 호통을 쳤어.

"내가 그러는 건…… 글쎄, 그럴 만하니까 그러는 거겠지?"

나는 웃어 보이려고 했지만 잘 되지 않았어. 도대체 얘, 나한테 뭘 원하는 거야?

"너, 제정신 맞냐? 네가 어떻다고 자꾸 이러는 거야? 완전 정상인데."

키라는 내 의자를 뒤로 휙 밀어내더니 나를 찬찬히 훑어보기 시작했어.

"정상 정도가 아니고, 아주 괜찮아. 얼굴도 예쁘고. 알아? 나머지는 뭐라고 못 하겠다. 뭐가 보여야 말이지."

그러면서 키라는 오늘도 아빠 옷장에서 꺼내 입은 내 펑퍼짐한 셔츠를 가리켰어.

"잠깐, 이렇게 해 보자."

키라가 갑자기 내 셔츠를 잡더니 아래쪽 단추 몇 개를 끄른 뒤 끝자락을 허리선 위로 질끈 묶었어.

"봐! 예쁘잖아. 그러니까 제발 그 말도 안 되는 짓 좀 집어치워!"

키라는 만족한 표정으로 다시 베개 위로 몸을 던졌어.

나는 미심쩍은 눈으로 티셔츠 매듭을 내려다보았어. 왠지 키라 말이 맞는 것 같았어. 하지만 애들이 다 키라 같진 않잖아. 키라는 내가 정말 예쁘다고 생각하는 걸까?

"야."

키라가 꼬리를 물고 이어지던 내 생각을 싹둑 끊어 버렸어.

"여기에 너희 부모님이랑 셋이서만 사는 거야? 집이 이렇게 큰데!"

키라는 그러면서 내 방을 한 번 죽 둘러보았어.

"왜? 누가 더 있어야 하는데?"

내가 당황스러워하며 되물었어.

"몰라. 뭐 형제나 할머니, 할아버지……."

"아니야, 없어. 내 말은, 형제 말이야."

내가 알던 단 한 명의 할머니는 작년에 돌아가셨지. 나는 헛기침을 하며 물었어.

"넌?"

"나도 없어. 잘됐지."

"왜?"

사실 난 줄곧 형제가 있기를 바랐어. 동생은 말고, 언니나 오빠가 있으면 좋을 것 같았어. 물론 이루어질 수 없는 소원이었지.

"엄마하고 아빠가 헤어지셨거든. 떨어져 사신 지 벌써 오래됐어. 이런 상황에서 애들이 많으면 골치 아파."

키라가 뒤통수에 손깍지를 끼더니 천장을 바라보았어.

나는 또다시 헛기침을 했어. 아, 오늘 목이 왜 이러지?

"그럼 지금은 어떻게 하는데? 내 말은, 어디서 사느냐고?"

나는 말하는 게 더 힘들어지기 전에 얼른 물었어.

"엄마랑 살아. 하지만 엄만 거의 집에 없어. 사는 게 너무 빠듯해서 늘 일하셔야 하거든. 오히려 더 편해."

키라는 아무렇지도 않다는 듯 어깨를 으쓱하며 팔찌들을 밀어 올렸어.

나는 키라가 말하는 내내 그 애를 정확히 지켜보았어. 그 애 얼굴 위로 한순간이었지만, 굳이 색깔로 표현한다면, 검은색, 그러니까 그 애의 옷 색깔만큼이나 어두운 검은색이 스치고 지나갔어. 그래, 아무렇지도 않은 척하지만 난 믿지 않아.

나는 다음 질문을 던지려다 잠깐 주춤했어. 키라를 다치게 하거나 그 애의 감정을 상하게 할까 봐 그런 건 아니야. 그보다는 내가 정말 키라의 대답을 듣고 싶어 하는지 확신이 서지 않았기 때문이지.

"너희 부모님, 왜 헤어지신 거야?"

검은색보다 더 어두운 색깔이 있다면, 이제 키라의 눈빛은 그 색깔이었어.

"아빠한테 새 여자가 생겼다나 뭐라나, 뭐 대충 그래."

쿵. 키라의 대답이 나를 의자에 밀어붙이는 듯했어. 등허리가 갑자기 뻣뻣해지면서 등받이에 밀착되고, 손이 아프도록 팔걸이를 꼭 움켜쥐었어. 물어보지 말았어야 했는데.

키라가 뭔가를 떨쳐 버리려는 사람처럼 고개를 흔들더니 침대에서 일어나 앉았어.

"그나저나 넌 리나하고 셀리네처럼 돼먹지 못한 애들이 뭐가 좋다고 그렇게 쫓아다니냐? 다른 친구 없어?"

키라는 나를 탐색하듯 쳐다봤어.

난 이제 발표 준비로 돌아가고 싶었어. 하지만 유감스럽게도 키라는 발표에 눈곱만큼도 관심이 없어 보였어. 그나마 대화의 방향을 무해한 쪽으로 틀 수 있는 게 다행이었지.

"없긴 왜 없어? 니키라고 있어."

"니키? 니키가 누구야? 남자 친구?"

키라가 호기심이 발동한 표정으로 몸을 앞으로 내밀며 내 눈을 똑바로 들여다보았어.

나는 안도에 가까운 웃음을 터뜨렸어. 그러면서 고개를 저었지.

"아니, 정말 아니야. 니키는…….'

흠, 니키는 뭐지?

"……그냥 니키야."

내 대답은 빈약하기 짝이 없었어.

"남친은? 남친은 있냐?"

키라는 끈질겼어.

키라 때문에 서서히 짜증이 나기 시작했어. 그런데 질문을 받는
순간 이상하게도 엘리아스가 떠올랐어. 나로서도 어쩔 수 없었어.
그저 아주 잠깐이었지만, 흥분한 탓에 귀까지 확 달아올랐어.

"어? 너 얼굴이 완전 빨개졌는데? 얼른 말해 봐, 누구야?"

"그러니까…… 남자 친구는 아니고, 그냥 내가…….'

나는 커다란 빵 덩어리라도 목에 걸린 듯 말을 잇지 못했어.

"좋아하는 애가 있구나! 심지어 엄청 좋아하나 보네? 귀엽다고 생
각하는 거야?"

키라가 큰 소리로 웃음을 터뜨렸어.

"야, 괜찮아! 근데 둘이 만나는 본 거니?"

"이제 그만하고…….'

하지만 키라는 막무가내였어.

"아직 못 만나 봤어? 아니, 그럼 걔, 자기가 간택당한 행운아라는
거 알기나 하나?"

"제발 그만 좀 해……. 걘 몰라."

바로 그 순간, 엘리아스에 대해 말하지 못할 것도 없다는 생각이

갑자기 들었어. 지금까지 아무한테도 말한 적 없지만 키라라면 이해할지도 모르잖아?

"그래, 걘 아직 몰라."

"누군데?"

키라는 들뜬 나머지 티비스가 새 마스크 시트를 자랑할 때처럼 얼굴에서 빛이 났어.

나는 처음으로 그 애 이름을 소리 내어 말했어. 내 입에서 나오는 그 발음이 어찌나 낯설던지 내 목소리에 내가 놀랐지.

"엘리아스."

"엘리아스?"

키라는 정말 놀란 것 같았어.

"9학년 엘리아스?"

그러더니 내 대답은 기다리지도 않고 자기 휴대폰을 덥석 집어 들었어.

"엘리아스라면 내가 잘 알아. 예전에 같이 연극반이었거든."

"너, 미쳤니? 지금 뭐 하는 거야?"

나는 휴대폰을 빼앗으려고 했지만, 키라는 잽싸게 몸을 돌리며 화면을 계속 밀어 댔어.

"뭐 하긴? 전화하는 거지."

예기치 못한 만남

도대체 어디 떨어진 거지? 나는 여기저기 엉금엉금 기어 다니면서 손바닥으로 양탄자 바닥을 연신 더듬거렸어. 없네. 아야! 이러고 있는 것도 힘들어 죽겠는데 머리까지 부딪히다니. 책상 밑에는 없는 게 없었어. 연필 부스러기, 말라비틀어진 과일 껍질, 옛날에 만들었던 수학 커닝 쪽지까지. 하지만 내가 찾는 것은 당연히 없었어. 딱히 찾는 게 없었으니까. 그렇지만 난 무슨 일이 있어도 아주 철저히, 아주 오랫동안 그걸 찾으며 책상 밑에 있고 싶었어. 다시 위로 올라갈 생각이 눈곱만큼도 없었으니까.

그래도 가끔씩 모든 동작을 멈추고 가만히 웅크린 채 귀를 기울였어. 들렸어. 너무나 낯선 동시에 이미 오래전에 친숙해진 엘리아스의 목소리. 그게 지금 **여기 내 방에서 들린다고!**

키라가 정말로 전화를 건 덕분이었지. 둘은 벌써 15분째 영상 통화 중이었어. 하지만 난 엘리아스가 전화를 받자마자 얼른 책상 밑으로 숨어 버렸지.

"너 지금 어디서 전화하는 거야?"

신의 목소리에 버금가는 엘리아스의 목소리가 울려 퍼졌어.

"아멜리에네."

나는 몸을 움찔했어. 꼭 저래야 해? 저렇게 말하면 내가 엘리아스의 반응을 다 듣잖아. 아니나 다를까, 엘리아스의 대답은 처참했어.

"아멜리에? 걔가 누군데?"

실망감이 몰려드는데, 나도 어쩔 수 없었어. 사실 우스운 일이지. 눈에 띈 적이 단 한 번도 없으면서 걔가 날 알고 있기를 기대하다니. 운동장에서 보면 늘 다른 사람 뒤에 몸을 숨겼으면서. 그건 아마 누군가의 이목을 끌기에는 최악의 방법일 거야.

"책상 밑에 쭈그리고 있는 거 좋아하는 애."

키라가 건조하게 대꾸하며 내 쪽으로 상체를 구부렸어. 나는 저리 가라고 마구 손사래를 쳤지만 이미 늦은 뒤였어. 키라가 나한테 휴대폰을 들이밀었거든. 엘리아스가 바로 코앞에서 웃고 있었어!

"안녕, 아멜리에! 우리 마주친 적이 있던가?"

"글쎄…… 없는 것 같은데."

나는 길게 숨을 내쉬며 거짓말을 했어. 그러고는 힘겹게 책상 밑에서 기어 나와 다시 의자에 털썩 주저앉았어.

"어쨌거나 난 너 한 번도 못 본 것 같아."

설마 새빨간 거짓말 한 번 했다고 벼락 맞는 건 아니겠지? 나는 키라에게 사정하는 눈빛을 재빨리 보냈어.

다행히 키라는 별다른 내색을 하지 않았어. 아니, 사실 우리가 무슨 말을 하는지 제대로 듣지 않는 것 같았어. 내 노트북으로 뭔가를 아주 열심히 하고 있었거든. 발표 준비하려고 기껏 찾아 놓은 웹사이트들을 나한테 물어보지도 않고 죄다 닫은 거야.

"엘리아스, 전화 좀 잠깐 끊어 봐. 스카이프로 하게. 셋이서 얘기하려면 그게 더 낫겠어. 그리고 한번 하면 스카이프에 아멜리에 번호도 바로 뜨잖아. 누가 아냐, 필요할지?"

키라가 씩 웃었어.

"알았어. 기다릴게."

나는 얼어붙은 듯 꼼짝 않고 의자에 앉아 있었어. 말리려고 했지만, 그러지도 못하고 키라가 하는 대로 지켜보고만 있었지. 키라가 전화를 걸자 곧 엘리아스의 얼굴이 노트북 모니터를 가득 채우며 내 앞에 나타났어.

"안녕! 잘 보여? 그나저나 너희 지금 뭐 하고 있었니?"

엘리아스가 호기심 가득한 표정으로 나를 찬찬히 훑어봤어.

"얘랑 나랑 그놈의 거지 같은 발표 준비해야 해. 베커 선생님, 너도 아나?"

키라가 대답했어.

"알다뿐이냐?"

엘리아스가 이마로 흘러내린 머리카락을 쓸어 올리며 큰 소리로 웃었어.

"어디 보자, 주제가…… '피부' 맞지?"

엘리아스는 나를 그냥 보기만 하는 게 아니라 이제는 내게 미소까지 날리고 있었어. 나는 책상 끄트머리를 꽉 붙들었어.

키라는 대답 대신, 엘리아스와 내가 정면으로 마주 보도록 노트북을 돌려놓더니 쉬는 시간이라도 맞은 사람처럼 팔베개를 하고 뒤로 드러누웠어.

나는 고개를 끄덕이며 제발 내 귀가 이번만큼은 경고등처럼 새빨갛게 변하지 않았기를 바랐어.

엘리아스가 카메라 앞으로 얼굴을 바짝 들이밀었어. 이제 그 애의 눈밖에 보이지 않았지.

"나도 베커 선생님 수업 들을 때 그거 해야 했는데. 너희가 원하면 자료가 남아 있는지 찾아볼게. 아니면 아예 그때 썼던 발표문을 통째로 넘겨줄까?"

순간 키라의 입에서 환호성이 터져 나왔어. 하지만 난 들릴락 말락 한 목소리로 "그럼 정말 좋겠다"라고 간신히 중얼거린 게 다였어.

바로 그때 방문이 활짝 열렸어. 키라하고 내가 놀라서 동시에 몸을 돌렸어. 니키가 방으로 뛰어 들어왔어. 니키는 내가 혼자가 아닌 걸 보고는 급하게 멈춰 서더니 저도 놀라서 소리쳤어.

"어럽쇼? 무슨 일이야?"

"어, 그러니까, 얘는 키라야. 그리고 이쪽은……."

무슨 이유에선지 엘리아스의 이름은 입 밖으로 낼 수 없었어.

"……키라 친군데, 지금 우리 발표하는 거 도와주고 있어."

"안녕?"

노트북에서 인사 소리가 들려왔어.

니키가 놀란 얼굴로 키라와 엘리아스를 번갈아 보더니 말을 했다.

"어서 오시옵소서. 이곳에 오신 것을 환영하나이다!"

"넌 누군데?"

키라가 웃으며 물었어.

니키가 환한 표정으로 키라를 내려다봤어.

"니키라고 부르시지요!"

키라의 웃음보가 터지고야 말았어. 어찌나 격렬히 웃어 대던지 팔찌들이 쩔렁거릴 틈조차 없을 정도였지. 나는 놀라서 키라를 바라봤어. 그렇게 유쾌한 모습은 처음이었거든.

"네가 니키였구나? 아, 쩐다!"

키라가 웃느라 꺽꺽거리며 간신히 말을 했어.

"그러게."

노트북에서도 목소리가 흘러나왔어.

"근데 무슨 일이야? 왜 왔어? 우리, 발표 준비해야 해."

내가 퉁명스러운 목소리로 물었어.

하지만 내 오랜 친구를 막을 재간이 없었어. 니키가 단호하게 문을 닫더니 침대에 걸터앉아 점퍼와 신발을 벗고, 쿠션 하나를 툭툭 쳐 부풀리더니 편안한 자세를 취했어.

"오랜만에 같이 뭐 좀 할까 해서 온 거야."

니키는 싱글벙글 웃으면서 우리를 한번 죽 둘러봤어.

"난 찬성."

키라가 대꾸했어. 웃느라 여전히 꺽꺽거리면서 말이야.

"그럼 우리 다 같이……."

키라는 말을 하다 말고 마땅한 생각이 떠오르지 않는지 입을 다물었어.

"……다 같이 골목으로 산책이나 가시면 어떠실런지요."

니키가 기꺼이 말을 받아 마무리 지었어.

키라는 또다시 웃기 시작했어. 둘이 격 없이 낄낄거리며 계획을 짜는 동안 나는 다시 책상 쪽으로 돌아앉았어.

"미안. 근데 이제 그만 끊어야 할 것 같아. 지금은 타이밍이 안 좋은 것 같아."

나는 어쩔 줄 몰라 자판만 내려다보면서 그렇게 말했어.

"아멜리에?"

엘리아스가 내 이름을 부르는 순간, 내 심장은 100미터 전력 질주를 한다고 착각을 했는지 미친 듯이 쿵쾅거리기 시작했어.

"어, 왜?"

"그냥. 좀 아쉽다."

엘리아스는 부드러운 목소리로 말하며 내게 웃음 띤 윙크를 보냈어.

냉랭한 케이크

정말 놀라웠어. 굵은 빗방울이 유리창을 두드려 대는데 하늘에서는 찬란한 태양이 빛을 내뿜고 있었거든! 온 집 안에 감미로운 음악과 절대적인 적막이 동시에 흐르고 있었어! 모든 것이 완벽한, 정말 멋진 날이었지! 나는 춤이라도 추듯 유유히 방 안을 거닐었고 끊임없이 같은 말을 되뇌고 있었어.

"좀 아쉽다! 좀 아쉽다!"

아래층에서 달그락거리는 소리가 들려왔어. 아빠가 식기세척기를 비우고 있는 것 같았어. 심지어 엄마도 벌써 집에 돌아와 있었어. 이제 겨우 오후인데 말이야. 아니, 너무 당연한 건가? 오늘은 정말로 좋은 날이니까! 순간, 뜬금없는 생각이 떠올랐어. 하지만 오늘 같은 날엔 분명히 성공할 거야!

나는 문을 확 열어젖히며 의기양양하게 아래층으로 뛰어 내려갔어. 아빠는 한쪽 어깨에 커다란 면 수건을 걸친 채 조리대의 물기를 행주로 닦고 있었어. 엄마는 소파에 웅크리고 앉아 잡지를 넘기고 있었고.

"나한테 좋은 생각이 떠올랐어!"

나는 아주 거창하게 말문을 열었어.

"우리 정말 오랜만에······."

극적인 긴장감을 고조하려고 나는 일단 거기까지만 말하고 뜸을 들였어.

"······가족 케이크 굽는 거 어때?"

나는 잔뜩 기대에 부푼 얼굴로 아빠와 엄마의 얼굴을 번갈아 가며 쳐다보았어. 흠, 열광적인 반응을 기대했는데 일단은 실패. 아빠는 헝클어진 머리카락 사이로 나를 피곤하게 내려다보았고, 엄마는 눈길조차 주지 않았지. 하지만 상관없어. 오늘은 좋은 날이니까 누가 뭐래도 내 뜻을 관철할 거야. 게다가 우리가 마지막으로 가족 케이크를 구운 게 언제더라? 엄청 오래됐잖아?

베이킹은 엄마하고 내가 특별히 좋아했어. 난 아주 어린 꼬마였을 때부터 반죽을 주무르면서 엄마가 밀가루를 체 치면 후후 불어 뽀얀 먼지를 일으키곤 했어. 우리가 가장 즐겨 만든 건 곰보 케이크였어. 내가 **늘** 같이 만들겠다고 고집을 피웠기 때문인데, 내 작은 손이 조물조물 주무르기에 가장 적당한 게 곰보 반죽이었거든.

케이크가 다 구워지면 난 달콤한 곰보 부분만 떼서 입 안 가득 집어넣었고, 엄마도 자기가 가장 좋아하는 바닥 부분만 먹었어. 아빠도 같이 먹는 날에는 특별히 생크림이 곁들여졌지. 아빠는 생크림을 무척 좋아했거든. 생크림만 있으면 다른 건 아무것도 필요 없었어!

그런 이유로 곰보 케이크는 우리 가족에게 가장 적당한 케이크였고, 가족 케이크라는 이름이 붙게 된 거야.

나는 그냥 시작하기로 했어. 일단 시작하면 다들 먹고 싶은 마음이 들겠지. 아빠는 어느새 엄마 쪽으로 가 소파 앞에서 미적거리고 있었어. 하지만 엄마는 쭈그리고 있던 다리를 쭉 폈지. 이제 엄마 옆에는 앉을 자리가 없었어.

나는 허둥지둥 찬장을 열어 케이크 만드는 데 필요한 재료들을 꺼내 놓기 시작했어. 밀가루, 설탕, 베이킹파우더.

"엄마, 달걀은 냉장고에 있나?"

내가 거실 쪽을 돌아보며 외쳤어.

"어"라는 대답만 달랑 들려왔어.

아빠는 하는 수 없이 팔걸이의자에 앉았어. 몸이 너무 푹 꺼진다며 평소에는 싫어하던 의자였지. 빈 밥그릇 앞에 쭈그리고 앉아 있는 닥스훈트의 눈빛으로 아빠가 엄마를 바라보았어.

"아, 여기 있네."

나는 열린 냉장고 문을 바라보며 일부러 호들갑스럽게 소리쳤어. 괜히 나까지 기분 망칠 필요 없으니까.

"또 뭐가 필요하더라?"

"버터?"

아빠가 조용히 속삭이며 창밖을 내다보았어. 엄마한테서는 책장 넘기는 소리밖에 들려오지 않았어.

"아, 맞다!"

나는 냉장고 맨 위 칸에서 버터를 꺼냈어. 진작 꺼내 놨어야 하는데. 버터는 너무 차고 딱딱했어. 하지만 오늘은 그것 때문에 기분을 망치고 싶진 않았어. 절대로! 그래서 나는 커다란 플라스틱 그릇을 꺼내 들었지.

"엄마, 곰보 반죽 만들 때 밀가루 얼마나 넣더라?"

"엄마도 몰라. 그걸 어떻게 외우니?"

짜증스러워하는 목소리가 들렸어.

상관없어. 그럼 그냥 대충 알아서 하지 뭐. 어차피 자주 만들어 봤으니까. 나는 힘차게 밀가루를 그릇에 쏟아부으며 후후 불고 싶은 걸 간신히 참았어. 이제 설탕을 넣자. 듬뿍 넣어야지. 달콤해야 맛있으니까.

"아주 맛있게 될 것 같아!"

내가 자신 있게 외쳤어.

"그래, 그렇겠지."

아빠가 대꾸했어. 하지만 그 목소리에는 '다 관둬라, 애쓸 필요 없어. 어차피 다 부질없는 짓이야'라는 대사가 더 어울릴 것 같았어.

나는 엄마를 살짝 훔쳐봤어. 엄마는 팔로 머리를 괸 채 뚫어져라 잡지만 내려다보고 있었어. 누가 보면 그야말로 잡지 내용이 너무나 흥미진진해 몰입한 사람처럼 보였지. 하지만 엄마의 눈동자는 전혀 움직이지 않았어. 책장도 넘어가지 않았고. 나는 일부러 요란한 소리를 내며 버터를 덩어리째, 위에서 아래로 메치듯 밀가루와 설탕이 든 그릇에다 던져 넣었어. 덕분에 옛날처럼 밀가루 먼지가 뽀얗게 일었지만, 하나도 재미가 없었어. 나는 그릇 안만 바라보았어. 버터는 밀가루 속에 깊숙이 박혀 버렸지만, 모양조차 변하지 않고 그대로였어. 집게손가락으로 툭 건드려도 여전히 돌덩이처럼 딱딱했지. 당연히 아직도 얼음덩어리처럼 차가웠고.

"엄마, 이제 어떡하지?"

나는 한탄하듯 물었어.

"뭘?"

엄마가 이번에는 머리를 들어 올리긴 했어. 하지만 엉겁결에 질문을 받아 놀란 사람처럼, 그래서 질문을 다시 한번 되새겨 보려는 사람처럼 눈길을 먼 곳으로 돌렸어.

"이 버터 말이야!"

나는 버터를 들어 손가락으로 끈질기게 주물럭댔어. 하지만 소용없는 짓이었어. 버터를 다시 떨어뜨린 뒤 밀가루 먼지가 가라앉기를 기다렸어. 그러고는 주먹을 쥐고 버터를 내리치기 시작했어. 점점, 점점 더 세게. 하지만 버터는 그 또한 끄떡없이 견뎌 냈어. 그 대신 애꿎은 플라스틱 그릇만 들썩거렸지. 버터가 손뿐만 아니라 그릇 바닥에도 쩍쩍 들러붙었거든. 내 몸은 이제 후끈 달아올랐어. 어찌나 덥던지 눈가로 흘러내리는 땀을 옷소매로 닦아 내야 했어.

"아, 그거."

엄마가 다시 잡지를 넘겼어.

이제 어쩌지? 이래서는 곰보 반죽이 제대로 될 리 없는데. 케이크 반죽은 아직 시작도 안 했는데. 나는 아빠에게 애원의 눈빛을 보냈어.

아빠가 고개를 까딱하며 입꼬리를 위로 말아 올렸어. 나를 응원하려고 아빠 나름대로 미소를 지었던 거지. 그러고 나서 아빠는 꿋꿋이 엄마에게 말을 걸었어.

"집에 생크림이 있던가?"

"없을걸. 하지만 난 어차피 안 먹을 거야. 조심해야 하니까."

심드렁한 목소리가 들렸어.

조심? 뭘? 그 같잖은 몸매? 엄마가 신경 써야 하는 건 아빠하고 나 아니야? 나는 마지막으로 한 번 더 버터를 그릇에 내던졌어. 그러고는 손가락에 잔뜩 묻은 기름기를 행주에 그대로 벅벅 닦았어. 그래, 싫으면 다 관둬.

거실을 지나 2층으로 올라가는데 아빠의 실망한 목소리가 들렸어.

"그것참……."

할까, 말까?

지벤훈 아줌마가 다그치는 눈초리로 나를 바라봤어.

"어떻게 할래? 할래, 말래?"

나는 깜짝 놀라 고개를 들었어. 아니, 이 아줌마가 도대체 어떻게 알았지? 그게 바로 내가 며칠 전부터 내내 고민하고 있는 질문인데? 난 벌써 며칠째 이를 닦든, 음악을 듣든, 침대에 그냥 누워 있든 오로지 그 고민만 했어. '할까? 말까?' 어찌나 고민스러운지 한밤중 꿈속에서까지 그 질문을 던졌지. 하지만 답이 없었어.

내가 연락하면 엘리아스가 좋아할까? 지난번 첫 통화 이후 엘리아스한테 아무 연락이 없었어. 하지만 당연한 거 아니야? 생각해 봐, 아쉬운 건 **우리**니까 원래 아쉬운 사람이 먼저 연락하는 거잖아, 안 그래? 그리고 솔직히, 걔가 나한테 왜 괜히 전화를 하겠어…… 그렇지 않아? 그렇지 않냐니? 그냥 하고 싶어서 할 수도 있는 거 아니야? 오, 아멜리에, 정신 좀 차려. 나는 스스로에게 주의를 주었어. 날 좀 의미심장하게 바라본 것 같다고 해서 그리고 마지막에 정겨운 몇 마디를 좀 건넸다고 해서 걔가 날 좋아한다거나 나한테 관심이 있다고 할 수는 없다고.

그래도 혹시? 그래, 어쩌면 무슨 말 못 할 이유가 있어서 먼저 말하지 못할 수도 있잖아. 아무래도 내 쪽에서 먼저 시도하는 게 좋지 않을까? 밑져야 본전이잖아?

본전? 엄청 창피당할 수도 있는데? 엘리아스가 누구라고 감히 나 같은 애송이가 전화를? 말도 안 돼. 하지만 키라한테는 굉장히 친절했잖아. 서로 안 지도 꽤 된 것 같고. 그래, 한번 해 볼까? 아니면 관둘까?

"할 거니, 말 거니?"

지벤훈 아줌마가 더는 못 참겠다는 듯 목소리를 높이며 나를 노려봤어. 손에 들린 빈 숟가락이 캐묻듯 레인보우 스프링클 토핑 가루 위에서 까딱댔어.

"어, 안 할래요. 그냥 주세요."

나는 고개를 저었어.

지벤훈 아줌마는 내가 변덕을 부릴지도 모른다고 생각했는지 잠시 기다렸지만, 곧 어깨를 으쓱하더니 숟가락을 옆에다 내려놓고 유리 진열장 위로 아이스크림을 내밀었어.

드디어 자기 차례가 된 니키는 생각하고 말고 할 것도 없었어.

"전 초콜릿하고 바닐라하고 딸기요. 토핑도 많이 뿌려 주세요."

늘 먹던 대로였지.

우리는 그야말로 유구한 옛날부터 이곳 '일 파라디소' 아이스크림

가게의 단골이었어. 한때 우리는 유리 진열장 앞에 놔둔 작은 발판에 올라서야 지벤훈 아줌마가 보일 만큼 작았어. 하지만 이제는 다 옛날이야기야. 레인보우 토핑도 마찬가지고. 적어도 내 생각에는.

니키하고 나는 아이스크림을 손에 들고 천천히 시내를 걷기 시작했어. 니키가 갑자기 왼쪽으로 방향을 확 틀었지만, 난 가만히 노려보며 제자리에 서 있었어. 설마 옛날처럼 흔들 인형을 보러 가려는 건 아니겠지? 내 무서운 눈초리를 알아챘는지 니키는 금세 돌아왔어. 우리는 다시 걷기 시작했어. 나는 빈 벤치 쪽으로 걸어가 등받이 위에 걸터앉았어. 니키도 나를 따라 했어.

한동안 우리는 아무 말 없이 아이스크림만 핥아 먹었어. 또다시 생각에 시동이 걸렸어. 해 볼까? 아니야, 내일까지는 기다릴 수도 있을 것 같은데. 어쩜 그사이에 엘리아스가 연락해 올지도 모르잖아. 전화가 안 오더라도 내일 정도라면, 안달 나서 연락한 것 같은 인상은 주지 않을 거야.

아님 그냥 확 해 버릴까?

"아멜리에?"

니키가 내 생각을 끊어 버렸어.

"응?"

"아빠가, 너랑 다시 캠핑 가는 게 어떠냐고 물어보시던데. 어때, 갈 마음 있니?"

"글쎄."

니키네는 발트해 근처 야영장에 캠핑카가 한 대 있어. 주말이면 니키는 자기 아빠하고 거기서 자주 시간을 보냈어. 나도 여러 번 따라갔었지. 적어도 예전에는. 내가 가면 늘 캠핑카 옆에 작은 텐트를 하나 더 친 다음 나하고 니키는 거기서 잤어. 나는 그렇게 텐트에서 자는 걸 얼마나 좋아했는지 몰라! 날씨 따위는 상관없었어. 밤이 유난히 추운 날에는 니키하고 킥킥거리며 나란히 누워서 텐트 안을 덥히겠다며 둘이 열심히 방귀를 뀌어 대던 거, 아직도 기억이 생생해.

나는 니키를 돌아봤어. 니키는 잔뜩 기대에 찬 눈빛으로 나를 바라보고 있었어. 둘이서 방귀를 뀌면서 작은 텐트 안에 누워 있는 모습이 이제는 도무지 상상이 안 됐어. 미안. 하지만 난 이제 그런 거에 관심이 없어.

"니키?"

"응?"

"나 예쁘니?"

"뭐?"

니키가 얼빠진 표정으로 나를 바라보았어. 내가 마치 지금 당장 이탈리아로 가서 피사의 사탑을 똑바로 세워 놓고 오자는 말이라도 한 것처럼 말이야.

"네 생각에 내가 예쁜 것 같냐고! 내 외모, 그러니까 생긴 거 말이야. 알아듣니?"

"아, 난 또 뭐라고. 어······."

니키는 잠시 어색한 침묵을 지키다가 드디어 무슨 생각이 났는지 한시름 던 표정으로 다시 입을 열었어.

"특히 여기 이 툭 튀어나온 부분이 참으로 아름답사옵니다……."

니키가 히죽거리면서 내 콧잔등을 톡톡 두드렸어.

"됐어. 그만둬."

나는 기분이 상해 얼굴을 다시 돌렸어. 그래, 내 툭 튀어나온 콧등이 예쁘다 이거지? 흥, 고맙다. 엘리아스도 내 코가 이렇게 생긴 걸 알아차렸을까? 알아차렸다면 그 앤 어떻게 생각할까? 전화를 해, 말아?

바로 그 순간, 키라가 자전거를 타고 다가왔어. 키라는 자전거도 검은색이었어. 우리를 발견한 키라는 급브레이크를 걸며 핸들을 휙 꺾어 우리 코앞에 멈춰 섰어.

"와우, 아이스크림이네. 그거 괜찮다."

키라는 자전거를 벤치에 기대 놓으며 쩌렁쩌렁 울리는 목소리로 말했어.

"여기 좀 있어. 나도 얼른 가서 하나 사 올 테니까!"

키라는 순식간에 일 파라디소 쪽으로 사라져 버렸어.

니키가 진가를 알아보는 듯한 표정을 지으며 키라의 자전거를 살펴보았어.

"이 마운틴바이크 어디서 났니?"

키라가 어마어마한 양의 아이스크림을 손에 들고 나타나자 니키가 대뜸 관심을 보였어.

"아빠가 두고 간 거야."

키라는 짧고 메마른 대답을 툭 던진 뒤 벤치 위로 훌쩍 뛰어올라

니키 옆에 나란히 앉았어. 나는 자리를 만들어 주려고 옆으로 조금 옮겨 앉았지만 니키는 꼼짝도 하지 않았어. 덕분에 나와 그 두 아이 사이에 덩그렇게 공간이 생겨 버렸어.

엘리아스가 키라한테는 연락을 했을까? 키라한테 먼저 연락했을 수도 있어. 그러고는 나에 대해 꼬치꼬치 캐물었을 수도 있다고. 나는 나만의 상상 속에 몰입한 나머지 실수로 아이스크림을 너무 세게 콱 깨물고 말았어. 아니나 다를까 앞니가 욱신거렸지.

"원하면 빌려줄게. 아님 자전거 바꿔 타고 같이 하이킹이라도 가든지!"

키라의 목소리가 들렸어.

좋다는 뜻으로 킥킥대는 니키의 웃음소리가 이어졌어.

"저기……."

내가 멋쩍은 태도로 셔츠 자락을 만지작대며 조심스레 말문을 열었어.

"우리 생물 발표 말이야, 무슨 연락 좀 있었니?"

키라가 맛을 천천히 음미하며 아이스크림을 핥았어.

"아니, 아직 시간 있잖아."

나는 한참을 머뭇거리다가 마침내 용기를 냈어.

"엘리아스한테 한 번 더 연락 왔었니? 꼭 발표 때문이 아니더라도 그냥 할 수도 있는 거잖아."

키라는 그제야 이해한 눈치였어. 나를 바라보며 씩 웃었거든.

"그런가?"

"연락 왔었어?"

"미안하지만 안 왔어. 하지만 전화는 받는 것도 되고, 거는 것도 되고, 둘 다 되지 않나?"

그러면서 키라는 엉큼한 미소와 함께 한마디를 덧붙였어.

"하긴, 그 생물 발표문을 받을 수 있으면 우리한테도 좋겠지. 이러지 말고 네가 한번 물어보지 그래? 그럼 나도 정말 고맙겠다!"

가운뎃손가락이라도 내보이고 싶을 정도로 약이 바짝 올랐어. 하지만 가만히 따져 보면 꼭 그럴 필요도 없었어. 사실 키라의 말이 옳았으니까. 생물 발표문 때문에 그러는 거고, 그건 아주 중요한 사안이잖아? 그래, 결정했어. 하자! 나는 엘리아스한테 전화하기로 했어. 내일 당장. 학교에서 돌아오자마자.

연락처 추가

여기 있네.

나는 여전히 의심스러운 표정으로 내 휴대폰을 물끄러미 들여다 보았어. 정말로 '엘리아스'라는 이름이 전화번호와 함께 선명히 빛나고 있었지. 낙원으로 들어가는 문 앞에 서 있는 느낌이었어. 들어가? 정말?

카메라 단추를 향하는 손가락이 조금 떨렸어. 아주 간신히 단추를 누를 수 있었지. 나는 심호흡을 크게 한 번 했어. 이제 나머지는 휴대폰이 알아서 하겠지. 이런 게 하인 선생님이 늘 그렇게 강조하는 '더 이상 뒤로 물러설 수 없는 단계'란 거군.

'연결 중입니다'라는 메시지가 보이더니 곧 문이 열리면서 엘리아스의 얼굴이 화면에 나타났어.

"어, 아멜리에!"

엘리아스가 놀랐다는 듯이 먼저 말을 걸었어.

아직 내 이름을 기억하는구나!

몸이 내 허락도 없이 갑자기 훅 달아올라서, 경직됐던 근육은 조금 풀어졌어.

하지만 그것도 아주 잠시였지.

"무슨 일이야?"

엘리아스가 뚱하게 물었어.

"어…… 그게…… 뭐 좀 잠간 물어볼 게 있어서."

더듬더듬, 나는 문장 하나도 제대로 마무리하지 못했어.

"지금 좀 힘든데. 곧 트레이닝 시간이라 준비할 게 좀 있어……."

"아, 그렇구나. 괜찮아. 그냥 그 생물 발표문 때문에……."

아무래도 문장을 끝맺는 능력이 갑자기 사라져 버린 것 같았어.

"아직 못 찾아봤어. 그리고 그게 그렇게 빨리 되는 게 아니야. 내가 뭐 애들 발표 뒤치다꺼리 말고는 할 일이 없는 줄 아니? 그건 그렇고, 사랑스러운 아멜리에."

엘리아스가 '사랑스러운'이란 말을 어찌나 강조하던지 오히려 정반대로 들렸어. 이렇게 말이야.

"너 좀 짜증 난다. 그러니까 이제 나한테 전화하지 마, 알았지? 내 주위에 말 잘 통하는 여자애들, 엄청 많거든!"

엘리아스는 전화를 툭 끊어 버렸어.

나는 망연자실하여 휴대폰을 떨어뜨리고 두 손으로 얼굴을 가린 채 침대 위에 쓰러졌어. 뭔가를 할 수 있는 힘이 하나도 없어서, 그저 사납게 쿵쾅대는 그래서 내가 누워 있는 베개까지 고스란히 느껴지는 심장 박동에 가만히 몸을 맡겼지. 그래, 바로 이렇게 될까 봐 엘리아스에게 전화하면서 그렇게 걱정을 했던 거야. 봐, 상상했던 대로 되어 버렸잖아!

하지만 실제는 완전히 달랐어.

카메라 버튼을 향하는 손가락은 정말로 좀 떨렸어. 다른 것들도 모두 마찬가지였지. 버튼을 누르고, 심호흡을 하고, 더 이상 무를 수도 없다고 생각하는 순간 연결이 되면서 엘리아스의 얼굴이 나타난 것까지 모두.

"어, 아멜리에."

엘리아스가 반갑게 인사를 건넸어. 진심으로 기뻐하는 것 같았어.

"잘 있었어? 정말 반갑다!"

나는 길게 숨을 들이쉬었어. 무슨 말을 어떻게 할지 단어 하나까지 준비했는데, 싹 다 날아가 버렸는지 아무 생각도 안 났어. 나는 간신히 "어" 하는 대답만 입 밖으로 꺼낼 수 있었어. 정말 굉장한 반응이었지.

"발표 준비 중이니?"

엘리아스가 물었어.

"아니, 지금은 나 혼자야."

이런, 묻지도 않은 말에 대답을 하다니!

엘리아스가 웃었어.

"아, 그렇구나. 네 말이 맞아. 베커 선생님 수업은 너무 열심히 안 해도 돼. 너희한테 줄 만한 자료가 있는지 곧 찾아볼게."

엘리아스가 나를 보며 다시 환하게 웃었어.

"그거 말고 또 뭐 부탁할 거 있니?"

"아니야, 없어."

그다지 창의적이지 못한 대답이 툭 튀어나왔어. 하지만 내 입은 그러고서는 아예 꾹 닫혀 버리더니 좀처럼 다시 열리지를 않았어.

"근데 내가 땀이 좀 너무 많이 났지? 미안."

엘리아스가 젖은 앞머리를 뒤로 쓸어 넘기며 말했어.

"지금 막 운동 중이었어."

엘리아스의 전화기가 방을 죽 가로지르더니 천장에 매달린 샌드백을 비추었어. 그러더니 갑자기 권투 글러브 낀 손이 화면에 불쑥 나타났지.

"까불지 마. 나한텐 농담 같은 거 안 통해!"

엘리아스가 장난으로 협박을 했어.

나도 모르게 피식 웃음이 나왔어.

"내 성미 안 건드리는 게 좋을걸."

장난이 계속된다 싶더니 곧 굵고 단단한 이두박근으로 화면 안이 꽉 찼어.

나는 큰 소리로 웃음을 터뜨리고 말았어.

"좋았어. 또 뭐 보여 줄까?"

엘리아스의 밝은 얼굴이 다시 나타났어.

"네 방."

내가 용기를 내어 말했어.

"방? 지금? 갑자기 내 방은 왜?"

"그냥."

"좋아. 내 방은 이래!"

엘리아스의 쭉 뻗은 팔이 아주 잠깐 보이더니 곧 휴대폰 카메라가 방 안을 비추기 시작했어. 엘리아스가 제자리에서 한 바퀴를 빙 돌았지. 하지만 너무 빨라서 아무것도 볼 수가 없었어. 엘리아스는 홉족한 표정으로 나를 다시 쳐다보았어.

"한 번 더. 이번엔 좀 천천히!"

내가 졸랐어.

"네, 잠깐만요."

엘리아스가 하인처럼 공손히 말하더니 이번에는 아주 천천히 방 안을 보여 주면서 설명까지 곁들였어.

"자, 지금까지 단 한 번도 일반인에게 공개된 적이 없는 왕의 개인 아파트를 보여 드리죠. 이쪽은 드레스 룸이고…….."

엘리아스가 과장된 몸짓으로 하얀 나무 옷장 문을 열었어. 문 안쪽에 거울이 달려 있지 않다는 생각을 하고 있는데 엘리아스가 옷장 안으로 몸을 욱여넣더니 장난스레 손을 흔들었어.

"이번에는 호화로운 집무실로 안내해 드리겠습니다. 칙령을 내릴 때 필요한 서명은 모두 이곳에서 이루어집니다"라는 말과 함께 이케아 책상이 눈에 들어왔어.

"그리고 여기가 왕의 안식처입니다."

화면이 잠시 까맣게 변하는가 싶더니 곧 마구 어질러진 침대가 보였어.

"이게 왕이 가장 아끼는 가구죠."

엘리아스가 장난스럽게 웃으며 침대에 놓인 쿠션들 위로 몸을 날렸어.

"침대 위쪽에는 뭐가 있는 거야?"

내가 재빨리 물었어.

"뭐, 이거?"

휴대폰 카메라가 다시 한번 벽 쪽을 향하더니 커다란 포스터를 비췄어. 셀 수 없이 다양한 초록색 빛으로 가득 찬 밤하늘 사진이었어. 엘리아스가 한숨을 내쉬었어.

"나, 꼭 한 번 오로라를 보는 게 소원이야. 우리 할아버지가 핀란드 분이시거든. 할아버지는 내가 아주 어렸을 때부터 오로라 사진을 많이 보여 주셨어. 하지만 우리 집 형편 때문에 아직 한 번도 못 가 봤어."

엘리아스가 또 한숨을 쉬었어.

"이제 왕이 극비로 간직하고 있던 소망까지 다 알아 버렸네."

엘리아스가 나직이 덧붙였어.

그때까지 침대에 꼿꼿한 자세로 앉아 있던 나는 갑자기 밀랍처럼 흐물흐물해지면서 쿠션 사이로 푹 꺼져 버렸어.

"한 번만 더 보여 줄래? 전부 다."

내가 엘리아스에게 부탁했어.

엘리아스는 잠시 놀라는 것 같았지만 곧 "좋아"라고 말하며 부탁을 들어주었어. 난 정신을 바짝 차리고 이번에는 모든 것을 아주 정확히 마음속에 새겨 넣었어. 이번에도 가장 먼저 옷장이 보이고, 그 다음에 책상, 또다시 화면이 잠깐 어두워졌다가 마지막으로 침대가 나타났어.

"잠깐! 거기서 왜 자꾸 그러는 거야?"

나는 버럭 소리를 지르며 일어나 앉았어.

"무슨 말이야?"

"그쯤에서 카메라를 자꾸 손으로 가리잖아! 벌써 두 번째야! 내가 보면 안 되는 거라도 있어?"

"야, 진짜 예리하다, 아멜리에. 너한텐 뭘 숨기질 못하겠는데."

엘리아스는 카메라에 대고 감탄을 표했지만 곧 단호하게 고개를 저었어.

"오늘은 이 정도면 됐어. 벌써 왕에 대해 많은 것을 알았잖아."

"그러지 말고 보여 줘! 제발."

나는 과자를 달라고 떼쓰는 어린애처럼 고집을 부렸어.

"안 돼, 오늘은 이걸로 끝."

"제발!!!"

어린애는 울음을 터뜨리기 일보 직전이었어.

엘리아스가 나를 한참 동안 지그시 바라봤어. 나는 믿어 보란 듯이 눈을 깜빡이며 길지도 않은 속눈썹을 빠르게 움직였어. 결국 엘리아스가 한 발짝 양보했어.

"좋아. 하지만 이건 국가 기밀 중의 기밀이야. 그러니까 정말로 아무한테도 말하면 안 돼."

그러고 나서 엘리아스는 휴대폰 카메라를 한 번 더 방 쪽으로 돌리더니 책상 바로 옆을 비췄어. 아주 커다란 토끼 인형이 팔걸이의자에 앉아 있었어. 한쪽 귀가 반쯤 터진 아주 너덜너덜한 인형이었지.

"그게 뭐야?"

나는 완전히 마음을 빼앗겼어.

"자, 인사해. 이쪽은 깡총이야!"

엘리아스가 좀 쑥스러워하며 토끼를 들어 올리더니 터진 귀에 입을 한 번 맞춘 뒤 침대에 앉혔어.

"얘하고 나는 내가 태어난 첫날부터 친구였어. 그러니 어떻게 얠 버릴 수 있겠어, 안 그래? 하지만 만에 하나 다른 애한테 이거 얘기했다가는……."

권투 글러브를 낀 손이 또다시 등장하더니 위협하듯이 허공을 갈랐어.

그때 엘리아스네 초인종 소리가 들리는 것 같았어. 엘리아스가 다시 카메라에다 대고 말했어.

"벤이랑 마티스가 왔나 봐. 아멜리에, 전화 끊어야겠다. 미안. 그만 가 볼게. 또 전화해, 알았지? 약속!"

"그래. 약속할게."

나는 고개를 끄덕이며 속삭였어.

"좋았어! 안녕!"

엘리아스는 순식간에 사라져 버렸어.

나는 얼굴에서 손을 떼며 천장을 향해 돌아누웠어. 그러고는 가슴

벅찬 행복을 느끼며 커다란 포스터가 붙은 침대 옆 벽을 뚫어지게 처다보았지. 갖가지 초록색 빛으로 가득 찬 밤하늘, 언젠가 내 눈으로 꼭 한 번 보고 싶은 오로라 사진이었어.

아킬레스건

"아아, 조심해! 바닥에 커다란 구멍이 나 있잖아!"

나는 고래고래 소리를 지르며 손에 잡히는 대로 아무 쿠션이나 움켜쥐었어.

엘리아스가 웃음을 터뜨렸어.

"걱정 마. 사고가 그렇게 쉽게 일어나지는 않으니까. 이런 썰매는 넓고 튼튼하거든."

나는 안도의 한숨을 내쉰 다음, 큰 소리로 헉헉대며 우리 앞에서 달리고 있는 개들에게로 다시 눈길을 돌렸어. 한 마리, 두 마리, 세 마리……. 모두 여덟 마리가 썰매를 끌고 있었어. 수북이 쌓인 눈길을 어찌나 가볍게 달리던지 무거운 물체를 끌고 있다는 사실이 믿기지 않을 정도였어. 아니, 속도가 오히려 점점 빨라졌지.

이제 길도 내리막으로 변했어!

"으악, 살려 줘! 여긴 브레이크도 없어?"

나는 애꿎은 쿠션만 짓눌러 댔어.

하지만 썰매는 어느새 언덕을 벗어나 눈으로 하얗게 뒤덮인 망망한 들판을 달리고 있었어. 엘리아스하고 나는 몸을 맡긴 채 아무 말도 하지 않았어. 너무나 눈이 부셨어! 세상의 모든 빛이 가장 순수한 하얀빛으로 반사되기 위해 그곳에 모인 것 같았지. 개들은 어느덧 하얀빛에서 불타는 붉은빛으로 바뀌고 있는 노을을 향해 달리고 있었어. 그러나 이마저 얼마 안 가 검푸른 밤에 자리를 내주고, 우리는 드디어 썰매를 멈춘 뒤 모닥불 앞에서 끈기 있게 기다렸어. 우리의 인내심은 우리를 실망시키지 않았어. 머리 위로 펼쳐진 하늘이 드디어 어둠과 싸우기 시작했거든. 처음에는 멈칫, 멈칫, 그러나 곧 초록빛으로 너울거리는 광선들이 자신들의 승리를 선포했어. 오로라! 너무나 아름다웠어.

나는 마음 가득 경외심을 느끼며 펼쳐져 있던 노트북 덮개를 닫고, 휴대폰을 다시 내 얼굴 쪽으로 돌렸어.

"어땠어?"

내가 호기심 가득 찬 표정으로 물었어.

엘리아스는 대답 대신 그저 빙긋이 웃으며 나를 바라보았어. 얼마쯤 시간이 지난 뒤에야 조용히 입을 열었지.

"우리 할아버지가 사셨던 곳이 바로 거기, 이발로야."

우리는 다시 침묵에 빠져들었어. 나는 내 방 침대에 혼자 누워 있었지만, 마치 엘리아스와 손을 꼭 잡은 듯한 친근감을 느꼈어. 그만큼 우리는 요즘 아주 많은 것을 함께 경험했지.

처음에는 재미있는 동영상을 주고받으면서 시작됐어. 내가 먼저 근육을 너무 심하게 만들었다 싶은 어느 권투 선수의 영상을 보냈어. 이 놀라운 근육맨은 공기를 빼는 밸브도 없는데 누가 공기를 아주 **빵빵**하게 불어 넣은 풍선처럼 보였어. 괴물처럼 굵은 허벅지 때문에 다리를 서로 붙이지도 못했고, 몸 옆에 대롱대롱 매달린 팔은 몽당연필이 꽂혀 있는 것처럼 보였지.

잠시 뒤, 그 사람 친구 한 명이 나오더니 카메라 앞에서 그 남자 등에다 반창고를 붙여 주었어. 정확히 어깻죽지 한가운데였지. 그 반창고를 떼어 내는 게 우리의 슈퍼맨이 해야 할 일이었어. 하지만 **빵빵**하게 부풀어 오른 남자의 두 팔은 어찌나 **뻣뻣**하던지 손이 등에 닿기는커녕 뒤쪽으로 굽혀지지도 않았어. 남자는 껑충껑충 뛰기까지 하면서 계속 시도했지만 헛수고였지. 결국 천하장사 같은 힘도 아무 소용이 없었고, 반창고는 어깻죽지 사이에 그렇게 남고 말았어.

엘리아스는 가운뎃손가락과 폭소를 터뜨리는 이모티콘을 답으로 보냈어. 그러더니 곧 어떤 여학생이 발표를 망치는 영상을 보내왔지. 그 여학생은 긴장한 나머지 실수에 실수를 연발하다가 결국 충전 케이블에 발이 걸려서 애써 만든 발표물 위로 넘어지고 말았어.

우리는 그날 이후로 모든 것을 공유했어. 자기 마음에 든 것, 상대에게 보여 주고 싶은 것들을. 앙증맞은 아기 코알라를 몸집이 큰 형 코알라가 자꾸만 나무에서 밀어 떨어뜨리는 동영상, 말귀를 못 알아듣는다고 투덜거리며 염소와 '대화를 나누는' 어린아이의 동영상, 어떻게 하면 멋진 파티를 할 수 있는지 보여 주는 파티 트릭 영상, 이 나라가 기후 변화 해결에 얼마나 소극적인지를 보여 주는 동영상까지. 그러다 오늘 우연히 오로라를 향해 개 썰매를 타고 가는 이 영상이 내 눈에 띈 거야.

"이제 네 차례야."

엘리아스가 갑자기 정적을 깨뜨렸어.

"내 차례?"

"그래, 비밀 털어놓기 말이야. 네 약점, 네 치부 그러니까 네 아킬레스건은 어딘지 말해 줘."

엘리아스가 카메라에 대고 킥킥거리며 설명을 덧붙였어.

"우리 요즘 그리스 신화에 대해 배우고 있어."

"대체 무슨 말이야?"

너덜너덜해진 토끼 인형이 나타났어.

"나는 첫날 벌써 보여 줬잖아. 그러니까 너도 보여 줘야지. 자, 뜸 들이지 말고 얼른. 남한테 얘기하고 싶지 않은 건 누구나 한두 개씩 있잖아!"

"글쎄……."

모르는 척했지만 엘리아스가 무슨 말을 하는지는 당연히 알아들었어. 하지만 나더러 뭘 어쩌라고? 물론 우리는 손을 맞잡고 설야에서 썰매를 탈 만큼 서로를 믿고는 있었어.

"그럼 이렇게 하자."

엘리아스가 내 생각을 중간에서 잘랐어.

"내가 찾아낼게!"

"어떻게?"

"간단해. 이번엔 네가 나한테 방을 보여 줘. 내가 지난번에 했던 것처럼."

엘리아스는 갑자기 목소리를 낮춰 간교한 음모를 꾸미는 사람처럼 속삭였어.

"왜인 줄 알아? 비밀은 늘 그 사람 가까이에 숨어 있는 법이거든."

하지만 엘리아스는 잠시를 견디지 못하고 또다시 소탈하게 웃었어.

"분명히 내가 찾아낼 수 있어. 내기할까?"

그래, 한번 해 보는 것도 나쁘지 않을 것 같았어. 나는 자리에서 일어나 방 한가운데로 갔어. 그러고는 팔을 쭉 뻗은 채 한 바퀴 빙 돌았지. 책상, 침대, 옷장, 옷장 문 한쪽을 열고, 손으로 잠시 카메라를 가린 뒤 다시 책상 쪽으로 카메라를 돌렸어.

"잠깐. 거기 뭐가 있었어!"

엘리아스가 외쳤어.

"어디?"

"다시 보여 줘 봐."

엘리아스가 흥분해서 외쳤어.

"천천히!"

나는 다시 처음부터 시작했어. 그러고는 똑같은 곳에서 카메라를 가렸어.

"잠깐! 거기 대체 뭐가 있는 거야?"

나는 천천히 손을 내려 거울 속의 소녀를 비추었어.

잠시 침묵이 이어졌어.

"그건 너잖아."

휴대폰에서 놀란 목소리가 흘러나왔어.

"응."

내 대답은 무미건조했어.

"그게 어때서?"

순간 높은 벼랑에 서 있는 듯했어. 저 아래로는 성난 파도가 하얗게 부서지고 있었지.

"네가 직접 찾는다고 하지 않았던가? 잘 봐 봐."

"보고는 있는데······."

엘리아스가 속수무책이란 듯이 대답했어.

"흔히들 얘기하는 환상적인 몸매가 아니잖아, 그치?"

나는 벼랑 끝으로 한 발짝 나아갔어.

"그건 그렇지. 하지만 누가 알아, 앞으로 그렇게 될지?"

엘리아스가 웃음을 터뜨리며 말했어. 하지만 내가 같이 웃지 않자 엘리아스도 다시 진지해졌어.

"아멜리에, 내가 지금 제대로 이해한 건지 모르겠는데, 너······."

"난 정말 바보같이 생겼어."

더는 말을 이을 수가 없었어. 발밑에서 성난 바다가 절벽을 사납게 후려치고 있었지.

"뭐? 그게 무슨 소리야?"

엘리아스가 놀란 목소리로 되물었어.

나는 아무 대답도 할 수 없었어. 내 시선은 마법의 힘에 이끌리듯 절벽 아래로 끌려 들어갔어.

"아멜리에, 대체 지금 무슨 말 하는 거야? 그래, 좋아. 내가 졌어. 하지만…… 하지만 넌 아무 문제도 없어……. 너는……."

엘리아스가 쑥스러운 듯 헛기침을 했어.

나는 눈을 감고 다시 앞으로 발을 내디뎠어. 허공으로.

"……예쁘단 말이야, 특히 넌……."

엘리아스의 말이 점점 더 빨라졌어. 마치 나를 붙잡으려는 것처럼.

"……정말 멋진 애야, 알아? 너랑은 무슨 얘기든 다 할 수 있어. 말이 통하거든. 그래서 난……."

나는 두 팔을 활짝 벌렸어.

"……네가 좋아."

엘리아스가 거의 필사적으로 덧붙였어.

나는 날고 있었어.

두 명의 아멜리에

목요일 3교시 시작 전이면 언제나 그랬듯 나는 생물실 앞에 서 있었어. 문도 평소처럼 열렸지. 그렇지만 오늘은 모든 것이 달랐어. 먼저 들어가려는 애들한테 떠밀리면서 생물실로 들어가 더러운 의자들을 보는 순간 확 느꼈어. 뭔가가 달라졌다는 것을.

나는 아이들 몇 명을 옆으로 밀어젖히며 눈에 띄는 의자들 가운데 저질스러운 낙서가 가장 많은 쪽으로 똑바로 걸어갔어. 그러고는 아주 단호하게 그 의자를 번쩍 들어서 남자아이들이 모여 앉아 있는 책상 쪽으로 걸어갔지. 키라가 놀란 표정으로 나를 지켜보고 있었어.

"잠깐!"

내가 막 자리에 앉으려고 하는 렌나르트에게 소리를 질렀어.

"내 생각엔 이게 네 의자 같아. 이렇게 많이 쓰느라 힘들었을 텐데, 직접 못 앉으면 너무 아깝지 않겠니?"

나는 그렇게 말하며 렌나르트 엉덩이 밑에 있는 의자를 그야말로 강제로 빼낸 다음 내가 들고 간 지저분한 의자랑 바꿔 버렸어. 그러고는 의기양양하게 승리의 트로피를 들고 내 자리로 돌아왔지.

키라가 엄지손가락을 들어 올리며 씩 웃었어.

"거봐. 그거 예쁘다."

키라의 턱이 내 블라우스를 가리켰어. 나는 오늘 몸에 꼭 맞는 내 옷을, 끝자락까지 묶어서 입고 있었어.

"오늘 같은 날은 축하해 줘야 할 것 같아서."

나도 그러면서 같이 웃었어.

바로 그때 베커 선생님이 들어왔어. 이제 막 수업 시작인데 선생님은 벌써 지치고 피곤해 보였지. 하지만 책을 펼쳐 보더니 한시름 더는 표정이었어.

"아멜리에, 키라, 오늘은 너희가 발표할 차례구나!"

나는 고개를 끄덕인 뒤 키라와 함께 앞으로 나갔어. 오늘 내 기분은 발표하기에 딱 안성맞춤이었어. 무장 전투에 나가도 끄떡없을 것 같았지. 나는 다리를 어깨너비로 벌리고 교실 앞에 우뚝 섰어. 등허리는 꼿꼿이 세우고 턱은 치켜들었지. 옛날에는 '발표에서 최고 점수를 받게 해 준다'는 튜토리얼 영상을 그렇게 봐도 아무 소용 없었어. 하지만 오늘은 거기서 말하는 '몸짓 언어'가 별다른 노력 없이도 그냥 저절로 나왔어. 나는 엘리아스에게서 받은 발표문을 다정스레 들고, 발표를 시작하기 전 결의에 찬 눈빛으로 아이들부터 한 번 휘 둘러보았어.

"피부는 면적으로 볼 때 유기체, 즉 인간과 동물의 신체에서 가장 넓고 무거우며, 다양한 기능을 수행하는 기관입니다."

나는 생물 시간마다 소란을 일으키는 문제의 남학생들을 콕콕 집어 차례차례 눈을 맞춘 뒤 다시 말을 이었어.

"피부는 내부와 외부의 경계가 되어 줌으로써 물리적인 부상이나 병원균의 침투와 같은 모든 환경의 영향으로부터 우리 몸을 보호합니다."

'침투'라는 단어에 렌나르트, 파울, 다비트, 팀이 다시 이상한 낌새를 보이기 시작했어. 하지만 나는 싹 무시한 채 목소리를 더욱 높여 말을 이었지.

"피부에는 다양한 종류의 박테리아와 곰팡이균이 살고 있습니다."

아이들이 웅성거리거나 바보 같은 토씨를 달기 전에 키라가 미리 약속한 대로 재빨리 내 말을 이어받았어. 키라는 무덤덤하게 표피, 진피, 피부밑 지방층으로 이루어진 피부의 구조를 설명해 나갔어. 키라가 읽고 있는 내용이 실은 키라가 조사한 게 아니라는 사실은 아무도 눈치채지 못했어. 그만큼 연습을 아주 철저히 했거든. 곧 다시 내 차례가 되었고, 나는 자신 있게 발표를 마무리했어. 평소 같았으면 잡담 소리나 은밀하게 하품하는 소리가 교실을 장악했을 텐데 이번에는 그렇지 않았어. 아니, 오히려 그 정반대였지. 교실 전체에 경외심 어린 침묵이 퍼져 있었어. 심지어 빈자리에 앉아 있던 베커 선생님까지도 눈이 휘둥그레져서 우리를 바라보았지.

하지만 마지막 관문이 아직 남아 있었어. 바로 '피드백' 듣기였지. 보통은 발표보다 더 힘든 게 이 피드백 순서였어. 베커 선생님은 늘 '피드백은 선물'이라고 주장했지만, 그 말은 결국 '누가 뭐라든 어떤 변명도, 해명도, 눈곱만큼의 반박도 하지 말고 들을 것'이란 뜻이었어. 지금까지 난 늘 권투 링에 올라가는 심정으로 피드백을 기다렸어. 링에 올라서는 순간 바로 코너로 몰리면서 나보다 기량이 훨씬더 뛰어난 상대들의 주먹을 견뎌 내야 했지.

"자, 누가 먼저 할래?"

베커 선생님이 마지막 라운드의 공을 울렸어. 그러고는 어서 시작하라는 표정으로 교실을 휘휘 둘러보았어.

"렌나르트?"

나는 베커 선생님의 등 뒤에서 렌나르트를 날카롭게 노려보았어. 양손을 허리에 갖다 대고 눈썹을 위협적으로 치켜올리면서. 아주 잠깐 우리의 눈빛이 서로 부딪쳤어.

마침내 렌나르트가 히죽 웃으며 패배를 받아들였어.

"뭐, 그럭저럭 괜찮게 한 것 같아요."

렌나르트는 그렇게 말한 뒤 인정한다는 듯 덧붙였어.

"특히 발표 태도가 아주 좋았어요!"

생물 시간이 끝난 뒤 키라는 화장실에 가야 했기 때문에 나 먼저 운동장으로 나갔어. 겉으로는 자랑스러운 미소를 띠고 있었지만 속으로는 솔직히 좀 얼떨떨했어. 조금 전에 무슨 일이 일어난 거지? 오늘 학교에 온 아멜리에는 대체 누구야? 새로운 아멜리에? 아니면 이게 진짜 내 모습인가? 혹시 아멜리에가 두 명 있는 거 아닐까? 그렇다면 어떤 아멜리에가 진짜일까? 아무래도 한 명만 진짜겠지? 아니면 둘 다 진짜일까?

그때 기둥이 죽 늘어선 복도 끝에 벤과 마티스와 함께 서 있는 엘리아스가 보였어. 나는 흥분해서 손을 흔들며 엘리아스 쪽으로 걸어갔어. 발표가 얼마나 멋졌는지 얼른 이야기해 주고 싶었어. 사실 따지고 보면 오늘의 성공은 엘리아스 덕분이었으니까. 그런데 엘리아스는 잠깐 고개를 들어 거의 눈에 띄지 않게 윙크만 살짝 하더니 바로 등을 돌려 버렸어.

나는 그 자리에 당장 얼어붙었어. 눈에 보이지 않는 장벽이 우리 두 사람 사이를 가로막고 있는 것 같았지. 어, 뭐지? 순간, 벤하고 마티스가 내 쪽으로 몸을 돌리더니 나를 머리끝에서 발끝까지 천천히 훑어 내려갔어. 그러고는 만면에 미소를 띤 채 엘리아스의 어깨를 장난스럽게 툭툭 치며 무슨 말을 하는 것 같았어. 그러자 갑자기 폭소가 한바탕 터져 나왔어. 지금은 가지 않는 게 낫겠어. 하지만 너무 속상해. 엘리아스는 도무지 혼자 있는 적이 없잖아.

막 포기하고 다시 돌아서려는데 뒤에서 누가 큰 소리로 내 이름을 불렀어.

"잠깐만, 아멜리에!"

리나하고 셀리네가 뛰어오더니 숨을 헉헉거리며 내 앞에서 멈춰 섰지. 손에는 수학 공책이 들려 있었어.

"왜?"

"조금 전 발표 엄청 좋더라."

셀리네가 여전히 숨을 몰아쉬며 말했어.

"하여튼 넌 그런 거 너무 잘한다니까. 근데 네 발표 보다가 갑자기 생각난 건데……."

셀리네가 그러면서 옆에서 고개를 끄덕이고 있는 리나를 돌아보았어.

"우리 둘 다 수학 숙제를 깜빡했지 뭐야. 시간이 너무 촉박해서 우린 아무래도 못 할 것 같아. 그리고 수학은 네가 훨씬 더 잘하잖아! 그래서 말인데 한 번만 더 도와줄 수 있니? 그럼 정말 고맙겠는데……."

나는 리나와 셀리네를 차례대로 바라봤어. 둘은 환한 미소를 지으며 공책을 앞으로 내밀었지. 리나하고 셀리네의 부탁을 받으면 언제나 기뻐하던 옛 아멜리에가 하마터면 그 부탁을 들어줄 뻔했어. 하지만 그 아멜리에는 나타나려다 말고 얼른 다시 사라졌어.

나는 강하게 고개를 저었어.

"싫어. 너희 숙제 이제 안 해 줄 거야."

나는 공책을 뿌리치며 말을 이었어.

"오늘뿐만 아니라, 앞으로 다시는 안 해."

"뭐?"

"너 미쳤니?"

"야, 너 왜 이래?"

내 '친구'라는 애들이 놀라서 소리를 질렀어.

"왜 이러냐고? 하기 싫으니까. 어때, 간단하지?"

나는 둘을 그대로 남겨 놓은 채 홱 돌아서 그곳을 떠났어.

처절한 행복

싫어, 듣고 싶지 않아!!!

나는 두 손으로 귀를 꽉 막았어. 그래도 엄마하고 아빠가 서로에게 탄환처럼 쏘아 대는 성난 언어의 파편들이 계속해서 귓속으로 파고들었어. 언제나 똑같은 구도였어. 엄마는 꽉 끼는 치마와 높은 하이힐이 허용하는 범위에서 그 자리를 피하려고 했고, 아빠는 거실 한가운데에 서서 호소하듯 두 팔을 높이 쳐들고 있었지, 무기력하게.

"제발 그만들 좀 해!"

나는 두 손으로 여전히 귀를 막은 채 소리를 질렀어. 내 머릿속에서 퍼지는 목소리는 오히려 나 자신에게 애원하는 소리처럼 들렸어.

그런데 엄마와 아빠가 반응을 보였어. 두 분 다 갑자기 고개를 들어 나를 본 거야. 엄마는 당황한 표정이었고, 아빠는 경악한 표정이었어. 회랑에서 내려다보고 있던 나는 갑자기 평소에 느끼지 못했던 우월함을 느꼈어. 더 이상 미미한 존재가 아니라 위에서 백성들을 내려다보는 크고 강한 통치자가 된 기분이었어.

아빠가 서둘러 계단으로 다가왔지만 올라오지는 않았어. 그러고 는 위로라도 하려는 듯 계단 난간에 손을 얹었어. 마치 그렇게만 해 도 우리가 서로 연결되는 것처럼.

"아멜리에, 우리 딸……."

아빠는 입을 열었지만 말을 잇질 못했어.

나는 그제야 귀에서 손을 떼고 잠시 아빠를 뚫어져라 내려다보았 어. 정확히 뭘 기다리고 있는지는 나도 몰랐지만 지금 이어지고 있 는 이 침묵은 확실히 아니었어. 내 시선은 곧 엄마에게 옮겨 갔어. 묵묵부답이기는 엄마도 마찬가지였지. 나는 몇 발자국 뒤로 물러나 두 사람과 거리를 두었어. 그러고는 바로 홱 돌아서서 내 방으로 달 려간 뒤 온 집이 뒤흔들릴 정도로 세게 문을 닫았어. 나로서는 더 이 상 할 말이 없다는 뜻이었지. 적어도 두 사람한테는 말이야. 나는 곧 바로 침대에 몸을 던진 다음 휴대폰 패턴을 풀고 내가 대화하고 싶 은 단 한 사람의 번호를 눌렀어.

"안녕, 아멜리에."

엘리아스가 전화를 받았어.

사실 난 몹시 흥분한 상태였기 때문에 내 안에 쌓여 있던 분노를 마구 쏟아 내고 싶었어. 하지만 엘리아스의 미소를 보자 생각대로 되지 않았어. 엘리아스가 내 손에 들려 있던 무시무시한 무기를 천 천히 빼앗은 뒤 이제 그만 진정하라는 듯 내 손을 부드럽게 감싸 쥐 는 것 같았거든. 분노는 온데간데없이 사라지고, 대신 완전히 다른 감정이 솟구쳐 올랐어.

엘리아스의 걱정스러운 목소리가 들렸어.

"왜 그래? 무슨 일 있었니?"

그 작은 말 한마디가 이렇게 큰 반향을 불러일으킬 줄이야.

"응."

말이라기보다는 숨소리에 가까웠어. 그러고는 마침내 터질 게 터지고야 말았지. 무너진 댐에서 콸콸 쏟아지는 강물처럼 눈물이 줄줄 흐르기 시작한 거야. 어마어마하게 많은 눈물이 두 볼 위로 끊임없이 흘러내렸어. 이에 질세라 끈적한 콧물도 줄줄 흘렀어. 아직 어느 정도 이성을 간직한 내 마음속 어딘가에서 창피함이 느껴졌어. 그렇지만 휴대폰은 절대로 내려놓고 싶지 않았어. 그래서 낚시꾼에게 잡힌 뒤 물가에 아무렇게나 던져진 물고기처럼 가끔씩 숨을 들이켜 가며 흐느꼈지.

엘리아스는 그런 나를 조용히 지켜봐 주었어. 그저 가끔씩 "아멜리에, 이제 그만 진정해. 자, 쉬쉬" 하고 속삭이기만 했지. 내가 그래도 멈추지를 않자 웃으면서 어깨를 내보였어.

"좋아, 그럼 내가 어깨를 빌려줄 테니까 여기에 기대서 울고 싶은 만큼 울어."

휴대폰 화면이 엘리아스의 어깨로 가득 찼어.

나는 흑흑거리는 와중에도 따라 웃지 않을 수 없었어. 그러고는 보름달을 바라보는 늑대처럼 엘리아스의 어깨에 대고 엉엉 울었어. 나의 무기력한 슬픔이 죄다 그 어깨로 흘러 내려가는 동안 나는 눈물과 콧물로 뒤범벅된 휴지를 거의 천 장쯤 구깃구깃 뭉쳐 내던졌어. 휴지는 쓰레기통만 빼고 방 안 곳곳에 널려 있었어.

한참 뒤, 엘리아스의 얼굴이 다시 나타났어.

"자, 이쪽은 이제 너무 젖었으니까 어깨 바꿔 줄게."

엘리아스가 명랑한 목소리로 말했어. 나는 엘리아스의 명랑함이 조금도 기분 나쁘지 않았어. 오히려 마음이 놓이면서 휴대폰에 보이는 다른 쪽 어깨를 기꺼이 받아들였지. 엘리아스의 다른 어깨 역시 임무를 성실히 수행했어. 내 흐느낌이 마침내 잦아들면서 훌쩍이는 소리는 짧아지고, 훌쩍임의 간격은 길어질 때까지 내 눈물을 굳건히 견뎌 냈거든.

나는 마지막으로 한 번 더 코를 팽 푼 뒤 휴지를 던졌어. 휴지는 커다란 포물선을 그리며 바닥에 떨어졌지. 걷잡을 수 없었던 감정의 폭발은 그로써 일단락되고, 그제야 속이 후련하고 마음이 한결 편해지면서 피로감이 몰려왔어. 나는 베개에 몸을 기댔어.

"이제 괜찮니?"

엘리아스가 다정한 목소리로 물었어. 내가 고개를 끄덕이자 엘리아스가 다시 물었어.

"그럼 이제 말 좀 해 봐. 무슨 일이야?"

나는 한참 동안 뜸을 들였지만, 마침내 오랫동안 나를 갉아 먹고 있던 그 말을 내뱉는 데 성공했어.

"엄마하고 아빠가 계속 싸우셔."

설명을 덧붙일 필요도 없었어. 엘리아스는 바로 이해했지. 오히려 나보다 더 잘 이해하는 것 같았어.

"그렇구나."

엘리아스가 측은해하는 눈빛으로 나를 보며 크게 한숨을 쉬었어.

"네가 무슨 말 하는지 나도 잘 알아. 넌 태어나는 순간부터 지금까지 늘 두 분의 아기였고, 늘 두 분의 곁에서 극진한 보살핌을 받았을 거야. 모래 케이크도 셋이서 같이 만들고, 휴가도 같이 가고, 어마어마하게 큰 아이스크림도 같이 나눠 먹었겠지. 저녁마다 부모님이 책을 읽어 주지 않으면 넌 아마 잠도 이루지 못했을 거야. 어쩌다 네가 아프면 두 분은 번갈아 가며 네 곁을 지키고 앉아 계셨을 테고. 그러면서 계속 이마를 짚어 보시고, 따뜻한 차를 가져다주시고, 네가 좋아하는 노래를 불러 주셨을 거야. 그뿐만이 아니야. 하루에도 수십 번씩 서로를 꼭 끌어안았겠지. 가족끼리 끌어안는 데 특별한 이유가 있어야 하는 건 아니니까. 그렇지?"

나는 조금 놀란 표정으로 고개를 끄덕였어.

"너, 마치 우리랑 같이 살았던 사람 같다?"

나는 미소로 당혹감을 감추려고 했어.

"그래서 넌 지금……."

엘리아스가 휴대폰에다 얼굴을 바짝 갖다 댔어.

"두려운 거야. 너희 부모님이 혹시 이혼이라도 하실까 봐. 그 모든 게 끝나 버릴까 봐."

갑자기 정신이 멍해졌어. 충격이 너무 커서 나도 모르게 눈을 질끈 감았지. 여태껏 그렇게 끝까지, 구체적으로 생각해 본 적은 단 한 번도 없었어. 하지만 엘리아스의 말을 듣는 순간, 언젠가 곪아 터질

날만을 기다리며 가장 어둡고 구석진 곳에 똬리를 튼 채 점점 더 커져만 가던 것이 바로 그 막연한 두려움이었다는 사실을 알아차렸어.

"그게 네 진짜 비밀이었구나, 아멜리에."

나는 엘리아스의 속삭임을 듣고 다시 눈을 떴어.

"그래, **그런 건** 남들이 굳이 알 필요 없어."

엘리아스의 말이 맞는 것 같았어. 나는 맥없이 고개를 끄덕였어.

"있잖아, 사실은 우리 집도 한동안 그랬어."

엘리아스가 말을 이었어.

"그래서 네 심정이 어떨지 너무 잘 이해돼. 우리 부모님도 정말 별 거 아닌 일로 사사건건 다투셨어. 진짜 견디기 힘들었지. 그래서 나중에는 두 분이 단 1분이라도 서로 마주치지 않고 각자 떨어져 계시면 얼마나 기뻤는지 몰라."

"정말? 그때 넌 어떻게 견뎠어?"

나는 믿을 수 없다는 듯이 되물었어.

엘리아스가 샌드백을 비췄어.

"나 스스로의 힘을 키우려고 이걸 시작했어. 미친 듯이 쳐 댔지. 도움이 많이 됐어."

잠시 불룩 튀어나온 이두박근이 보이는가 싶더니 다시 엘리아스의 미소 띤 얼굴이 나타났어.

"무슨 말인가 하면…… 그래, 사실 우리가 부모님이랑 같이 소풍 가고 그러는 시간은 이미 지나가 버린 지 오래잖아. 안 그래? 물론 부모님 사이가 좋으면 더 좋겠지. 하지만 그렇지 않다고 해도 그건 그분들 문제지, 더 이상 우리 문제가 아니란 얘기야! 권투를 시작하고, 집에 있는 시간이 줄어들면서 그걸 깨달았지. 그때부터 벤하고 마티스랑 점점 더 자주 만났고, 시간이 가면 갈수록 나도 기분이 나아졌어. 아, 그리고 우리 부모님도 언젠가부터 저절로 사이가 좋아지더니 요즘에는 거의 옛날 같아지셨어."

나는 안도의 한숨을 내쉬었어.

엘리아스가 나를 진지한 얼굴로 들여다보았어.

"그럴 때는 혼자가 아니라는 걸 잊지 않는 게 중요해. 알아?"

안도감이 빙글빙글 재주를 넘어 온전한 기쁨으로 변하기 시작했어.

"너도 혼자가 아니고."

엘리아스가 가볍게 덧붙였어.

나는 잠시 휴대폰을 베개 위에 내려놓고 창밖을 내다보았어. 그제야 날씨가 아주 화창하다는 사실을 깨달았어. 집 앞의 커다란 너도밤나무에 작은 박새 한 마리가 내려앉자 나뭇가지가 파르르 흔들렸어. 박새는 거리낌 없이 이쪽저쪽으로 폴짝폴짝 뛰어다니더니 마침내 호기심 어린 고갯짓을 하며 내 방을 들여다보았지.

어떻게 처절한 슬픔을 느끼는 동시에 지금까지 단 한 번도 누려 보지 못한, 이렇게 큰 행복감에 젖을 수 있을까? 순간, 생각 하나가 작은 박새처럼 파드닥 날아들더니 내 마음속에 살포시 내려앉았어. 삶은 정말 아름답구나.

원 사이즈

여기 있네. 내가 그토록 오랫동안 피해 왔던 두 단어가. 그래, 상표에 아주 또렷하게 쓰여 있었어. 마치 별거 아니란 듯 시침을 뚝 떼면서. **원 사이즈.**

나는 블라우스를 다시 옷걸이에 걸어 놓고, 여전히 멍한 기분으로 주위를 좀 더 둘러보았어. 지금까지 이 가게는 단 한 번도 들어와 볼 엄두를 못 냈어. 벨 맨디. 원 사이즈 옷만 파는 가게. 이 집에는 몸에 딱 맞는 초미니 옷들밖에 없었어. 그런데 다른 사람도 아니고 나한테 이 집 옷들이 적당할 거라고? 설마! 하지만 한번 입어 볼 수는 있겠지?

바지 주머니에 든 두둑한 지폐 뭉치가 느껴졌어. 울라 고모나 할머니를 비롯해, 친척들한테 용돈을 받을 때마다 차곡차곡 모아 두길 벌써 몇 년째. 일이 이렇게 되고 보니 지금까지 해 온 저축이 꼭 오늘을 위해서였다는 생각이 들었어. 난 오늘 그동안 모은 돈을 아낌없이 쓸, 아니 투자할 계획이었거든. 그래, 이건 확실히 투자였어. 나는 지금 내가 하려는 일이 아주 뜻깊고 가치 있는, 내게 '이익을 가져다주는 일'이 될 거라고 확신했거든.

그런데 키라는 대체 어디 있는 거지? 혹시 몰라서 키라도 지원군으로 데리고 왔는데. 아, 저 뒤에 있네. 가게 한쪽 구석, 풀오버가 쌓여 있는 진열대에서 귀에 익은 쩔렁거림이 들려왔어. 키라는 풀오버들을 손으로 훑어 내리며 깐깐하게 살피고 있었어. 그러더니 마침내 하나를 끄집어내며 가게 전체가 쩌렁쩌렁 울릴 정도로 크게 물었지.

"이거 어때?"

나는 단호하게 고개를 저었어. 그건 키라 마음에 들지는 모르겠지만 나는 절대 아니었어.

"검은색은 나한테 안 어울려."

나도 키라만큼이나 크게 소리를 질렀어.

가게에서 일하는 언니 한 명이 내 쪽으로 다가왔어. 월급을 받으면 곧장 자기가 일하는 가게에서 옷을 사 입느라 번 돈 대부분을 써버릴 것처럼 보이는 언니였어. 그냥 척 봐도 확실한 모래시계였지만 나는 흔들리지 않으리라 마음을 굳게 먹었지.

"내가 좀 도와줄까?"

언니가 상냥하게 물었어.

"안 그래도 엊그저께 신상품이 많이 도착했는데, 한번 볼래? 엄청 시크해!"

그 언니는 가게 입구에 놓인 커다란 진열대를 가리켰어.

나는 얌전히 고개를 끄덕이며 발걸음을 옮겼어. 하지만 그 '엄청 시크한 새 옷'들은 보고 말고 할 것도 없이 나랑은 상관없는 것들뿐이었어. 끝에 반짝이가 달린 알록달록한 형광색 톱? 됐어요, 언니. 물론 카니발 파티라면야 사탕으로 변장하고 갈 수도 있겠죠. 나는 얼른 언니를 돌아보며 상냥하게 웃은 뒤 반대편 벽 쪽으로 그대로 걸어갔어.

진짜로 마음에 드는 옷 하나가 눈에 확 띄었거든. 허리가 잘록하게 들어간 올리브그린색 블라우스였어. 내 눈동자는 초록색이야. 그래서 같은 색 계열 윗도리를 입으면 눈이 유난히 반짝이지. 여기 보트 네크라인 티셔츠도 괜찮네. 색도 모래색이고. 모래색은 내 갈색 머리랑 잘 어울리니까. 이 연분홍 스파게티 스트랩 톱도 한번 입어 볼까? 청바지도 하나 필요한데. '슬림 핏'이 어디 있나……. 흠, 여기 이 커팅 진이 괜찮은데. 무릎도 적당히 찢어졌고. 그리고 또 뭐가 필요하더라? 아, 운동화도 있어야지. 운동화는 플라토 스니커즈로 하고! 여기다 금색 후프 귀걸이를 해 주면…… 됐어. 완벽해.

나는 내가 고른 것들을 산더미처럼 들고 피팅 룸으로 향했어. 피팅 룸 입구에는 또 다른 언니가 경비원처럼 서 있었지. 그 언니는 내가 가져온 옷가지의 개수를 세더니 그 개수에 맞는 숫자판을 손에 쥐여 주었어. 이제 내 앞을 막는 장애물은 없었어.

나는 피팅 룸으로 들어서려다 말고 놀라서 뒤로 한 걸음 물러섰어. 벽에 걸린 거울들 때문에 내 옆모습뿐만 아니라 뒷모습까지 모두 눈에 들어왔거든. 난 그런 광경에 좀 익숙해져야 했어. 이윽고 천천히 옷을 벗었어. 바지와 셔츠를 벗고 속옷 차림의 나를 잠시 들여다본 뒤 골라 온 청바지와 블라우스를 입었어. 그러고는 이리저리 몸을 돌려 가며 거울에 비친 내 모습을 살폈지. 나는 정말로 깜짝 놀랐어. 피라미드건 뭐건 간에, 청바지가 나한테 너무나 잘 맞았거든. 블라우스도 예상했던 대로 내 눈동자를 돋보이게 해 줬어. 나는 후프 귀걸이도 한번 해 보았어. 와우, 꽤 괜찮은데! 어디, 키라는 뭐라고 하나 보자!

하지만 피팅 룸을 나서자 전혀 예상하지 못했던 사람이 기다리고 있었어.

"따분한 가게에서는 다른 사람 흉이나 보는 게 최고이옵니다!"

우렁찬 목소리가 온 가게에 울려 퍼진다 싶더니 곧이어 키라의 쩌렁쩌렁한 웃음소리가 이어졌어.

"니키? 너 여기서 뭐 하니?"

내 목소리에는 짜증이 배어 있었어. 제발, 뭐 좀 같이 하자고, 언제 시간 있냐고 묻지 말아 줬으면. 이제 그 말은 천 번도 더 들어서 지겹거든.

하지만 니키는 날 보더니 놀라서 입이 쩍 벌어졌어. 그대로 넋이 나간 듯 계속 바라보기만 할 뿐 아무 말도 못 했지. 나는 니키의 그런 반응을 칭찬으로 받아들였어.

"보니까 요 앞을 지나가길래 내가 들어오라고 했어."

키라가 대신 설명했어.

하지만 그사이 니키는 다시 정신이 돌아와 있었어.

"맞아. 너도 같이 있대서 캠핑에 관해 물어도 볼 겸 잠깐 들어온 거야."

니키가 희망에 가득 찬 눈빛으로 나를 바라보았어.

"이 친구는 캠핑 못 가옵니다."

키라가 킥킥대면서 니키의 말투를 흉내 냈어. 하지만 아직 연습을 좀 더 해야 할 것 같았어.

나는 한숨을 내쉰 뒤 그냥 신발이나 골랐어.

"키라, 여긴 어떤 운동화가 더 잘 어울릴 것 같니? 하얀색, 아님 검은색……."

나는 질문을 하다 말고 입을 다물었어. 키라의 대답이야 안 들어도 뻔했으니까. 나는 두 켤레를 다 가져다가 하얀색부터 신어 보았어.

"있잖아, 아멜리에, 꼭 캠핑 아니어도 되니까 그냥 놀러라도 좀 와."

니키가 다시 귀찮게 했어.

"조금 힘들어."

나는 얼굴도 들지 않고 대답했어. 그러면서 발로 바닥을 쾅쾅 굴렀지. 이놈의 신발은 왜 이렇게 작은 거야.

"아니면 내가 너희 집으로 갈까? 언제?"

"안 돼."

후유, 됐다. 드디어 들어갔네. 나는 허리를 펴고 똑바로 섰어.

"아이스크림 먹으러 가는 건?"

니키도 포기하지 않았어.

"싫어."

흠, 꽤 멋진데. 그럼 이번엔 검은색을 신어 볼까?

"아멜리에, 너 진짜 너무한다. 그럼 네가 말해 봐. 넌 뭐 하고 싶은데?"

니키는 무슨 연좌 농성에라도 들어가는 사람처럼 책상다리를 하며 바닥에 주저앉았어. 그러고는 따지듯 팔짱을 끼었지.

아무래도 분명하게 말해야 할 것 같았어.

"니키, 당분간은 안 되겠어. 그렇게 못 알아듣니? 시간이 없단 말이야!"

"그럼 다음 주는?"

정말 기가 막혔어.

"안 돼! 다음 주에도 시간 없어. 솔직히 말하면 그냥 싫어서 그래! 내가 나중에 연락할게, 됐지?"

"야, 아멜리에, 너 제정신이니?"

키라가 야단을 쳤어.

니키가 부스스 일어났어. 얼굴은 보지 않는 편이 나을 것 같았어. 어느새 명랑함과는 거리가 멀어진 그 애 목소리를 듣는 것만으로도 충분히 괴로웠으니까.

"그랬구나."

나는 애꿎은 검은색 운동화 끈만 계속해서 만지작거렸어.

키라의 목소리가 들렸어.

"아이스크림 먹으러 가자. 좋은 생각이야. 야, 니키, 너 먹을 복 있다. 나 엊그제 용돈 받았거든. 오늘 아이스크림은 내가 쏠게!"

곁눈으로 슬쩍 훔쳐보니 키라가 날 무섭게 노려보면서 니키의 팔짱을 끼고 가게 출입문 쪽으로 끌고 가고 있었어.

문 앞에서 니키가 다시 고개를 돌렸어.

"그, 그거…… 너한테 되게 잘 어울려."

니키가 말까지 더듬어 가며 필사적으로 말했어. 니키는 얼굴이 새빨개졌어.

키라도 내 쪽을 돌아보며 외쳤어.

"검은색이 더 나아!"

두 사람은 아이스크림 가게 쪽으로 사라졌어. 나는 안도의 한숨을 내쉬며 온 신경을 다시 신발에만 집중했어. 그러고는 결국 하얀색을 집어 들었지.

예감

벨 소리가 평소와 달랐어.

놀라서 몸이 움찔했어. 갑자기 나를 엄습하는 이 느낌, 전에도 한 번 경험한 적이 있었지. 모든 게 평소와 같아 보였지만 뭔가 달랐어. 공기 중에 떠 있는 이상한 기운. 그 기운은 오늘이 지나고 나면 절대로 예전과 같을 수 없을 거라고 속삭이고 있었어. 뭔가가 돌이킬 수 없이 변했어. 그런데 상식적인 순서가 아니었지. 뭐가 변했는지도 모르면서 두려움과 공포부터 느끼고 있었으니까.

예전에 파치엔차 때도 꼭 그랬어. 파치엔차는 내가 키웠던 고양이야. 어느 날 파치엔차가 학교에서부터 무작정 날 따라왔어. 시끄러운 아이들 사이에서 굳이 나를 선택한 거지. 난 그래서 그 고양이를 사랑했어. 파치엔차는 꼬리를 세우고 가벼운 발걸음으로 내 뒤를 졸졸 쫓아왔어. 나하고 늘 알고 지내던 사이인 것처럼. 집에 도착하자 파치엔차는 두 발을 얌전히 모은 채 문밖에서 기다렸어. 특별히 훈련을 아주 잘 받은 고양이처럼. 내가 엄마, 아빠를 설득할 때까지 파치엔차는 밖에 있었지. 시간이 엄청 오래 걸렸어. 두 분은 고양이로 인해 발생할 수 있는 모든 문제를 일일이 따져 봐야 했거든. 하루에 털은 몇 가닥이나 빠질 것인지, 휴가를 갈 경우 맡기는 비용은 얼마나 들지 그리고 고양이 화장실에서 나는 특유한 냄새에 대해서까지.

영원처럼 긴 시간이 지나고 고양이를 집 안으로 들이기 위해 불안한 마음으로 현관문을 열었을 때, 솔직히 난 그 고양이가 여전히 거기에 앉아 있으리라고 기대도 하지 않았어. 하지만 그곳에 있었지. 고양이는 평온하게 나를 올려다보더니 기지개를 한 번 쫙 펴고 사뿐사뿐 걸어서 집 안으로 들어왔어. 그런 모습 덕분에 고양이의 이름도 정해졌지. 엄마는 이탈리아 민요 팬이었어. 덕분에 나는 이탈리아어로 '파치엔차'가 '인내'를 뜻한다는 것을 알고 있었어.

파치엔차는 3년을 우리 집에서 살았어. 3년 내내 내가 학교에서 돌아와 현관문을 열면 나를 맞아 주었지. 언제나 내 가랑이 사이에 몸을 비비며 쓰다듬어 달라고 했어. 그러지 않는 경우는 엄마나 아빠가 빨간색과 초록색이 뒤섞인 사료를 내밀 때뿐이었어. 그 사료는 파치엔차가 가장 좋아하는 거였거든.

그러던 어느 날 내가 집에 왔는데도 파치엔차가 나오지를 않았어. 문을 여는 순간, 집 안에서 안개처럼 퍼져 나오던 침울한 기운, 아직도 기억이 생생해. 그 기운은 돌이킬 수 없는 일이 일어났다고 내게 말하고 있었지. 나는 서둘러 밥그릇이 놓인 곳으로 달려갔어. 파치엔차가 가장 좋아하는 먹이가 담겨 있었지만 건드린 흔적이 없었어. 순간, 파치엔차를 다시는 보지 못할 거라는 슬픔이 나를 엄습했어.

교통사고가 났다는 사실을 알기도 전이었는데 말이야.

그런데 지금 내 휴대폰이 그런 식으로 이상하게 울리기 시작한 거야. 경고음처럼. 전화를 받는 것은 현관문을 열며 내 작은 고양이가 달려 나오기를 헛되이 기대하는 느낌과 비슷했어.

엘리아스였어.

"안녕."

나는 불안한 목소리로 먼저 인사를 건넸어.

"안녕."

엘리아스가 웃었어. 하지만 그 미소는 평소와 달리 힘겨워 보였지.

수천 가지 생각이 머릿속을 스치고 지나갔어. 무슨 일이지? 뭘까? 낌새가 정말로 이상하다는 걸 당장 알아차렸어. 엘리아스는 평소처럼 장난스럽고 쾌활한 느낌이 아니었어. 속사포처럼 말을 늘어놓지도 않았어. 대신 너무 질긴 고기 때문에 곧 질식이라도 할 것 같은 모습이었어. 도대체 무슨 일일까? 분명 나하고 관련이 있는 것 같은데. 아니라면 나한테 전화할 리가 없잖아? 속이 울렁거리기 시작했어. 나는 전화기가 떨릴까 봐 얼른 책상에 내려놓았어. 혹시…… 이제 자기한테 전화하지 말라고 말하려는 걸까? 나 때문에 짜증스럽다고? 나랑 노닥거릴 시간이 없다고, 계속 이러고 싶지 않다고? 갑자기 나 자신이 너무 바보처럼 느껴졌어. 엘리아스가 내게 호감을 느낀다고 믿다니. 도대체 어떻게 그런 생각을 할 수 있었을까? 자업자득이야, 아멜리에. 그렇게 말도 안 되는 상상을 혼자 하고 있었으니 이런 일이 벌어진다고 놀랄 필요도 없어. 그렇게 꼴값을 떨어 대더니, 잘

됐다, 이 멍청아!

"잘 지냈어?"

나는 간신히 먼저 말문을 열었어.

엘리아스가 앞으로 흘러내린 곱슬머리를 힘겹게 쓸어 넘겼어.

"아, 뭐 그냥 그래. 조금 전에 부모님이랑 한판 했어. 수학 때문에 문제가 좀 있거든. 그랬더니 내가 싫다는데도 억지로 과외를 시키려고 하시는 거야. 내가 내년에 벌써 아비투어(독일의 수능 시험: 옮긴이)라도 보는 것처럼 말이야!"

엘리아스가 짜증스럽다는 듯이 말했어.

전화하지 말라는 말을 하려는 게 아니라는 느낌이 왔어.

"뭐, 그렇게 나쁘지 않을 수도 있잖아."

조심스럽게 내 생각을 말했어.

"아니, 아주 나빠. 나한테는 묻지도 않으시고 벌써 과외 선생까지 찾아 놓으셨더라고. 그러면서 다른 사람은 안 되고 꼭 그 사람이어야 한다는 거야. 그 사람은 내가 권투 연습 가는 시간에만 된다고 하니, 우리 아빠가 뭐라고 하신 줄 알아? '권투는 취미잖니', 이러시더라."

엘리아스가 경멸하듯이 코웃음을 쳤어.

하지만 엘리아스가 진짜 하고 싶은 말은 그게 아니었어. 나는 잠자코 기다렸어. 딱히 할 말이 없었거든.

엘리아스가 나를 한참 바라보았어. 자기 마음을 읽어 주길 바라는 표정으로. 하지만 난 그렇게 하고 싶지 않았어.

"저기, 아멜리에."

마침내 엘리아스가 머뭇머뭇 입을 열었어.

"우리 이제 서로 안 지도 꽤 됐잖아."

나는 침을 꼴깍 삼켰어. 이럴 줄 알았어. 드디어 말하려고 하는구나. 나는 고갯짓조차 하지 못하고 묵묵히 엘리아스를 바라보고만 있었어.

"그래서…… 말인데, 나 너에 대해서 더 많이 알고 싶어."

그제야 숨을 너무 오래 참았다는 사실을 깨달았어. 참고 있던 숨을 천천히 내쉰 뒤 신선한 새 공기를 한껏 들이켰지. 아, 이제 살 것 같아. 다행이야! 엘리아스의 말을 정확히 이해할 수는 없었지만 더 많이 알고 싶다는 말이 '헤어지자'의 반대말인 것은 틀림없잖아? 그래서 나는 기쁜 얼굴로 고개를 끄덕였어.

"내 말은, 우린 이제 서로 비밀이 없잖아. 그렇지?"

"응."

나는 내가 늘 껴안고 자는 벨벳 쿠션을 부드럽게 어루만지며 속삭였어.

"그러니까 우린 무슨 말이든 다 할 수 있고…… 뭐든 다 보여 줄 수 있는 거야. 그렇지?"

엘리아스는 그렇게 말하면서 시선을 돌렸어.

나는 이해가 잘 안 갔어.

"무슨 말이야?"

"그러니까, 널 좀 더 보고 싶어."

"좀 더? 뭘?"

엘리아스가 호탕하게 웃는 척했어.

"우리 말이야, 늘 이렇게 마주 보고 있기는 하지만 사실은 서로를 제대로 못 보잖아. 솔직히, 세상에서 가장 평범한 일인데 말이야! 다들 그렇게들 한다고!"

다들 뭘? 다들 뭐를 한단 말이야? 혹시 내가 좀 모자라는 건가, 왜 이해가 안 되는 거지?

"저기, 자꾸 빙빙 돌리지 말고, 무슨 얘긴지 정확히 좀 말해 봐!"

엘리아스가 조금 머쓱한 표정을 지으며 눈을 다시 치켜떴어.

"널 한번 보고 싶어, 옷을 안 입은 모습으로."

충격이 손가락까지 전달되기까지 1초도 채 걸리지 않았어. 휴대폰은 그대로 바닥에 떨어졌고, 나는 믿을 수 없다는 표정으로 전화기 뒷면만 내려다보고 있었어. 다시 전화를 줍고, 뒤집고, 엘리아스의 얼굴을 마주 보는 것은 쉬운 일이 아니었어. 그 애의 말을 되풀이만 하는데도 얼굴이 화끈거렸지. 마치 벌써 알몸으로 그 애 앞에 서 있기나 한 것처럼.

"아무것도 입지 않고? 아무것도?"

언성이 높아지면서 목소리 톤까지 저절로 날카로워졌어.

"그렇게 흥분할 거 없어! 다 벗으란 얘기도 아니야. 그냥 위만. 이미 서로를 잘 아는데 별거 아니잖아. 아님 너…… 아직 너무 어린가?"

엘리아스가 농담을 했지만, 난 웃어야 할지 아니면 경멸스러워해야 할지 얼른 결정을 내릴 수 없었어.

엘리아스의 다음 말이 이어졌어.

"아니면 용기가 없어서 그래?"

엘리아스가 큰 소리로 웃으면서 다그쳤어.

"그게…… 그게…….″

나는 뭐가 뭔지 알 수가 없었어. 머릿속이 어찌나 혼란스럽던지 대답은커녕 정리조차 잘 되지 않았어. 결국은 내 오른쪽 집게손가락 이 튀어 나가 '종료' 버튼을 확 눌러 버렸지.

다섯 가지 질문

며칠이 지나도 혼란스러운 머릿속이 가라앉지 않았어. 아니, 오히려 마음속까지 더 깊숙이 파고들었지. 도대체 무슨 일인지, 엘리아스가 갑자기 왜 그러는지 놀란 탓이기도 했지만, 무엇보다도 마음이 찢어질 듯 아파서였어. 우리가 공유한 경험, 함께한 웃음, 그 애가 말해 준 모든 아름다운 것들. 내 안에 고스란히 담겨 있던 모든 것이 죄다 고통스러워했어. 엘리아스에 대한 감정들이 이제 상처를 드러낸 채 밖으로 끌려 나와 내 앞에 허약한 모습으로 널브러져 있었어. 한 가지 사실은 확실히 알아들었으니까. 엘리아스가 한 말은 장난도 부탁도 아닌 요구였어. 요구는 언제나 '조건'으로 시작해서 '경고'로 끝나지. 내 앞에서 옷을 벗지 않으면 우리의 우정은 끝나는 거야, 이렇게.

우정. 엘리아스가 갑자기 왜 그렇게 행동하는지에 대한 대답을 혹시 여기에서 찾을 수 있지 않을까? 구글로 우정이란 단어를 찾아보니 개념을 설명해 주는 글이 가장 먼저 눈에 띄었어. '서로의 애정을 바탕으로 한 관계'. 그래, 그럼 우리는 친구야, 난 엘리아스를 좋아하니까. 그것도 아주 많이. 하지만 엘리아스는 어떨까? 지금까지 나한테 한 말들이 모두 진심일까? 나를 정직하게 대했을까?

나는 마우스 휠을 돌려 밑으로 계속 내려가 보았어. 심리 테스트 동영상이 하나 나왔어. '진짜 친구인지 가짜 친구인지 알 수 있는 다섯 가지 질문'. 그럴듯해 보였어. 나는 바로 마우스를 클릭했어.

첫 번째 질문: 친구가 널 언제나 다른 사람과 비교하니?
안도의 한숨. 아니, 엘리아스는 그런 적 없어.

두 번째 질문: 친구가 늘 자기 문제만 얘기하고 네 말은 제대로 들어주지를 않니?
엄마, 아빠의 끊임없는 부부 싸움에 대해 이야기했을 때가 바로 떠올랐어. 그때 엘리아스의 어깨가 얼마나 축축해졌더라? 그래, 이것도 확실히 아니야.

세 번째 질문: 자기는 널 비판하면서, 네가 비판을 하면 받아들이지를 않니?
우리가 지금까지 서로를 비판한 적이 있던가? 그런 기억은 없는데.

네 번째 질문: 항상 네 이야기를 들을 준비가 되어 있고 다정하니, 아니면 차갑고 무관심하니?
엘리아스는 늘 사랑스럽고 나한테 관심이 많았어.

섯 번째 질문: 모든 것을 언제나 네 탓으로 돌리니?

엘리아스가 날 탓한 적이 있던가? 아니, 오히려 그 반대였어. 많은 문제들에 대해, 내가 어쩔 수 없는 거니까 걱정 말라고 말했어.

한숨이 저절로 나왔어. 도움이 전혀 되지 않았어. 오히려 엘리아스는 진정한 친구라는 내 심증을 다시 한번 확인해 줄 뿐이었어. 아니, 혹시…… 친구 이상인 거 아닐까? 그런 생각이 드는 순간 또다시 가슴이 저며 왔어. 그럼 얼마나 좋을까! 그리고 정말 그런 뜻에서 그런 말을 했다면 절대 경솔하게 판단하면 안 돼. 자칫하면 엘리아스를 영영 잃을 수도 있으니까. 혹시 자기에 대한 신뢰감을 보여 달라고 그런 요구를 한 건 아니었을까?

아무짝에도 쓸모없는 내 휴대폰을 침대에 던진 뒤 잠시 물끄러미 바라보았어. 마음을 정하기 전에 전화가 울리면 어쩌지? 나는 재빨리 일어나 어마어마한 쿠션 더미에 휴대폰을 묻어 버렸어. 이대로 둘 거야. 영원히 파묻혀 있는다 해도 상관없어.

"야, 너 어떻게 된 애가 아무리 연락을 해도 답이 없냐!"
다음 날, 학교 운동장에서 키라가 날 보더니 대뜸 소리를 질렀어.
"별일 없는 거지?"
키라가 내 얼굴을 흘깃 보더니 물었어.
"당연하지, 나한테 무슨 일이라도 있으면 좋겠니?"
나는 확 짜증을 부린 뒤 키라를 그대로 지나쳤어. 하지만 그렇게 호락호락 물러설 키라가 아니었지.

"야, 너 대체 왜 이래?"

나는 걸음을 빨리했어.

키라가 멈춰 서더니 뒤에서 소리쳤어.

"넌 친구한테 늘 이런 식이냐? 말이 나와서 말인데, 네가 요즘 니키한테 보이는 태도, 완전 재수 없어."

'친구'라는 말에 놀라서 나는 몸을 움찔했어. 키라의 반응은 이해가 갔어. 잠깐, 어쩌면 키라가 날 도와줄 수 있지 않을까? 나보다는 엘리아스를 안 지 훨씬 더 오래됐잖아. 아니, 적어도 내 이야기를 들어 줄 수는 있지 않을까? 방금 제 입으로 말한 것처럼 내 친구니까.

그래서 나는 운동장 한쪽에 있는 작은 담장 쪽으로 걸어가 앉았어. 키라는 허리에 손을 올린 채 제자리에 꼼짝 않고 서 있었지만, 곧 내 도전적인 시선을 이기지 못하고 가까이 다가왔어.

"그래, 뭐야?"

키라가 내 옆에 털썩 주저앉으며 물었어. 하지만 내가 아무 대답이 없자 내 얼굴을 염탐하듯 뜯어보기 시작했어.

"부모님 때문에 그러니?"

"아니, 그거야 늘 똑같은데 뭐."

"니키 때문에?"

"아니."

"그럼 엘리아스?"

그 질문에 나는 대답 대신 얼굴이 붉어지고 말았어.

키라의 입에서 신음 소리가 크게 새어 나왔어.

"이래도 엘리아스, 저래도 엘리아스! 도대체 너 어떻게 된 거냐? 머릿속에 눈곱만큼이라도 뭐 다른 게 들어 있기나 하냐? 요즘에 걔가 전화 안 해? 그래서 이러는 거야?"

나는 앞만 응시했어.

"기다려, 연락 오겠지! 벤하고 마티스가 좀 놔주면."

키라가 까칠하게 덧붙였어.

"그런 게 아니야. 오히려 그 반대라고 할 수 있지. 연락이 오니까."

나는 목소리를 낮췄어.

"그래? 그럼 뭐가 문제야? 대체 뭘 원하는데?"

키라가 놀라서 되물었어

이번에는 말을 꺼내기까지 시간이 좀 걸렸어.

"내가 아니고 **걔**가 나한테 원하는 게 있어."

키라는 잠시 침묵을 지켰어. 그러더니 내 쪽으로 천천히 몸을 돌렸어. 눈을 동그랗게 뜨고.

"**뭘** 원하는데?"

그러자 갑자기 체육 시간에 외줄 타기라도 하는 듯이 말을 꺼내기가 힘들어졌어.

"나더러…… 옷을 벗으래……. 위, 윗도리만. 내 상체를 보고 싶대. 너, 이거 아무한테도 말하면 안 돼. 그냥 걔가 나를 더 많이 알고 싶어서 그러는 거야."

나는 가까스로 말을 마치려고 했어.

"야, 너 제정신이니?"

키라가 내 머리를 거칠게 움켜잡더니 자기 쪽으로 홱 돌리며 소리쳤어.

"너 설마 정말 그런 걸로 고민하는 건 아니지? 혹시 고민하는 거야?"

나는 얼른 고개를 숙이려 했지만 키라와 눈이 마주치고 말았어. 키라는 손이라도 덴 듯 내 머리에서 화들짝 손을 떼더니 팔찌를 찔렁거리며 제 머리카락을 마구 잡아 뜯었어.

"세상에!"

"나쁜 뜻으로 그러는 게 아니라니까. 넌 걜 몰라."

나는 빈약한 변명들을 늘어놓았어. 그래 맞아. 바로 그거야. 나는 어느새 스스로를 설득하고 있었어. 키라가 토끼 인형에 대해, 언젠가 꼭 한 번 오로라를 보고 싶어 하는 엘리아스의 꿈에 대해 알기나 해? 아니, 키라는 아무것도 몰라. 그러니까 키라는 이해할 수 없을 거야. 차라리 물어보지 말걸.

하지만 이미 엎질러진 물이었어. 키라는 입에 거품을 문 채 흥분을 가라앉히지 못했어.

"그 새끼, 지금 너 엿 먹이고 있는 거야, 모르겠니? 걔랑 벤이랑 마티스, 셋이서 꾸민 짓이라고! 분명해! 너 절대 넘어가면 안 돼. 알아들어?"

키라는 우리 반에 처음 왔을 때처럼 욕을 하며 팔찌를 찔렁거렸어. 이성적인 대화가 불가능했어. 도움은커녕 키라와 이야기하고 싶은 마음마저 싹 사라졌어. 순간, 내면에 자리했던 고통이 사라지고 대신 화가 치솟았지. 얘, 내 친구 맞아? 다섯 가지 심리 테스트 질문에 적용해 봐?

나는 바로 운동장을 빠져나왔지만 키라의 절규하는 듯한 외침이 귓가를 떠나지 않았어.

"절대 안 돼. 알아들었지, 아멜리에? 절대 하면 안 돼!"

어둠이 다가왔어. 나는 자리에 조용히 앉아 창밖으로 땅거미가 지는 모습을 지켜보았어. 어스름은, 처음에는 그저 살포시 다가오는 것 같더니 시간이 갈수록 점점 더 많은 것을 요구하며 자신의 세력을 넓혀 갔어. 마침내 나는 자리에서 벌떡 일어나 내 방문을 걸어 잠갔어. 그러고는 옷장으로 가 문을 열었지.

거울 속의 소녀를 만나지 않은 지 꽤 오래됐어. 아주 낯선 일이 되어 버렸지. 그렇지만 오늘은 그 애가 나를 도와줄 수 있을 것 같았어.

옷을 다 벗은 것은 아니었어. 위만 벗은 채였어. 나는 그 애를 관찰했어. 하지만 그 애를 바라보는 눈은 내 눈이 아니라 낯선 사람들의 눈이었어. 둥그런 어깨, 납작한 가슴, 배에 붙은 살. 어떻게 보일까? 어린 소녀로 아니면 젊은 여성으로? 매력적이게 아니면 우스꽝스럽게? 남학생들은 이런 몸을 어떻게 바라볼까? 어떻게 생각할까? 남학생한테 평가받는다는 생각이 들자 소녀는 소스라치게 놀란 표정으로 나를 바라보며 손으로 가슴을 가렸어.

순간 얼마 전에 산 연분홍 스파게티 스트랩 톱이 생각났어. 그래서 얼른 티셔츠 더미를 뒤져 옷을 찾아 입었지. 마음이 놓였어. 하지만 그래도 충분하지는 않았어. 아무래도 의자에 걸쳐 놓은 아빠의 셔츠도 입는 게 좋을 것 같았어. 소녀는 그제야 안도의 숨을 길게 내쉬었어. 그래, 어쩌면 이게 최선의 해결책인지도 몰라. 천으로 가리고 보호하되 네 몸이 멋지다는 사실을 알고 있는 것이.

바로 그때 노트북이 울렸어. 휴대폰이 아니라 **노트북**이! 누가 스카이프로 전화를 한 거야. 그럴 사람은 단 한 명밖에 없는데. 이유 역시 단 한 가지뿐이고.

나는 옷장 문을 아주 세게, 쾅 닫았어. 거울이 떨어지는 게 아닐까 잠시 걱정될 정도였어. 나는 황급히 책상으로 뛰어가려다 바닥에 던져둔 학교 가방에 발이 걸려 의자에 무릎을 부딪히고 말았어. 젠장. 어느새 날은 완전히 캄캄해져 있었어. 나는 다시 몸을 돌려 방문 옆 스위치 쪽으로 부리나케 달려가 불부터 켰어. 그런 다음 다시 의자로 돌아와 앉으면서 동시에 노트북 덮개를 올렸지. 아니나 다를까, 너무나도 잘 아는 프로필 사진이 보였어. 평소 같았으면 기뻐해 마지않았을, 그러나 오늘은 경고처럼 느껴지는 문구와 함께. '엘리아스 님의 전화가 왔습니다.'

"안녕, 아멜리에."

엘리아스가 한시름 덜었다는 듯이 인사를 건넸어.

"전화 안 받는 줄 알고 걱정했어."

내가 아무 반응도 없자 엘리아스는 불필요한 말을 덧붙였어.

"내 말은, 지난번 그 일 때문에."

"음."

나는 단음절로 대답했어. 똑소리 나는 반응은 아니었어. 하지만 순간적으로 엘리아스가 잘못 이해할 수도 있겠다는 생각이 들었어. 그래서 얼른 "그렇지 않아!"라고 덧붙였지.

엘리아스가 큰 소리로 웃으며 고개를 저었어.

"하여튼 넌!"

그러고는 평소처럼 이야기를 시작했어. 새 과외 선생님 이야기, 권투 연습에 가지 못한 이야기 등등 별의별 것들에 대해. 평소에는 엘리아스의 입에서 흘러나오는 말 한 마디, 한 마디가 소중히 간직해야 할 보물 같았지만 오늘은 제대로 들리지 않았어. 엘리아스도 주절주절 말은 하고 있었지만 흥미를 느끼지 못하고 그저 건성으로 떠들어 대는 것 같았어. 그 애의 말소리는 우리 두 사람 사이에서 실제로 벌어지고 있는 사건의 배경음일 뿐이었어. 우리는 호시탐탐 공격의 기회를 엿보며 빙글빙글 돌고 있는 두 마리 늑대 같았어. 상대에게 덤벼들어 싸울 것인가, 아니면 어느 하나가 상대에게 무릎을 꿇을 것인가?

어느새 엘리아스는 입을 다물고 있었어. 그리고 올 것이 왔지. 두려웠던 그 질문이.

"생각해 봤니?"

공격.

숨을 깊이 들이쉬었어. 조금 전까지, 나는 절대 하지 않겠다고 마음을 굳게 먹고 있었어. 엘리아스에게 설명을 하리라고, 아니 어쩌면 아주 단호하게 말하리라고. 싫어, 그런 짓은 절대 안 할 거야. 당연한 거 아니야? 그리고 말이 나와서 말인데 도대체 나한테 어떻게 그런 걸 요구할 수 있어? 진정한 친구는 서로에게 그런 요구를 하는 거 아니야.

하지만 막상 엘리아스를 마주하고 보니 마음이 확 바뀌었어. 함께 있다는 사실이 너무나 좋았지. 그래, 계속되어야 해. 끝나면 안 돼. 어떻게 엘리아스를 의심할 수 있어? 별것도 아닌 걸로. 달리는 기차에 몸을 묶어 보라고 한 것도 아니잖아. 그게 뭐 대단한 일이라고.

"어, 그럼. 괜찮아. 별거 아니야."

나는 확고하면서도 밝아 보이는 목소리를 내려고 애썼어.

굴종.

엘리아스가 헛기침을 했어.

"멋지다. 정말 멋져, 아멜리에!"

엘리아스는 그러고 나서도 뭐라고 계속 떠들어 댔지만 내 귀에는 아무 말도 들어오지 않았어. 내 손가락이 최대한 빨리 그 일을 해치워 버리고 싶어 했거든. 맨 위 단추가 끌러졌어. 그 아래 단추도. 눈길은 창밖 어둠을 응시하고 있었어. 손가락 마음대로 하라지.

단추가 모두 풀렸어. 손은 잠시 주춤하는가 싶더니 결국 셔츠를 벗기기 시작했어. 그런데 잘 되지 않았어. 마지막 단추가 아직 안 끌러졌나. 자, 이제는 되겠지. 아직도 어디가 걸리네. 두 손이 계속해서 서투르게 이리 끌어당기고 저리 잡아당겼어. 하지만 마침내 어깨가 드러나면서 셔츠가 바닥으로 주르르 흘러내렸어. 나는 스트랩 톱

차림으로 앉아 있었어. 한쪽 끈은 이미 흘러 내려와 있었지.

추웠어. 빛은 너무 강했고. 엘리아스의 숨소리가 들렸어. 천 개의 눈이 내 몸을 더듬었어. 사방에서. 한기는 어느새 솟구쳐 오르는 뜨거운 파도에 자리를 내주었어. 스트랩 톱은 더 이상 느껴지지도 않았어. 이제 나는 내 소유도, 나의 일부도 아닌 맨살의, 화끈거리는 피부에 불과했어. 허물을 벗었어, 뱀처럼. 다만 내 경우는 죽은 껍데기를 버려 버리지 못하고 지니고 있어야 하지. 하지만 눈에 보이지 않을지라도 흉터가 깊이 남을 거라는 사실을 알면서도 나를 내보이고 내던지고 아무런 대책도 없이 운명에 내맡겨 버린 사람은 바로 나 자신이었어. 나는 어깨를 축 늘어뜨린 채 시간이 자비를 베풀기를, 그래서 평소보다 빨리 흘러가기만을 바라며 가만히 앉아 기다렸어.

"됐어, 아멜리에."

마침내 엘리아스가 조금 잠긴 목소리로 말했어.

"이 정도면 충분해. 오늘은."

노트북을 덮기 전 나는 불부터 꺼 버렸어.

온 주위의 적

우유 한 잔도 너의 적일 수 있어.

나는 분노한 눈길로 흰색 액체를 노려보다가 곧이어 빵을 괴롭혔어. 너무 딱딱하고 말라비틀어졌잖아. 게다가 칼은 또 왜 이렇게 무딘 거야. 나는 빵을 자른다기보다는 두들겨 패고 있었어. 덕분에 꿀이 죄다 옆으로 흘러내렸지. 나이프며 뭐며 죄다 꿀 범벅이 되고, 손까지 끈적거렸어. 젠장. 이래서는 아침을 어떻게 먹어?

나는 접시를 뒤로 확 밀어냈어. 그런데 힘이 너무 셌던지 접시는 식탁 위를 주르르 미끄러지다가 잼 병에 쨍그랑 부딪혔어. 물론 그 덕분에 식탁에서 떨어져 깨지는 신세는 간신히 면했지. 차라리 떨어졌더라면 좋았을 텐데. 그럼 그 요란한 소리와 산산이 흩어진 조각을 보며 속이라도 좀 시원해졌을 텐데.

마음속이 요동치고 있었어. 서로 다른 감정들이 주도권을 잡으려고 다투고 있었지. 기분이 나쁘면서 동시에 무력했어. 진흙탕에 빠져 머리꼭지에서 발끝까지 온몸이 더러워진 느낌, 그런데 그 더러움

127

은 아무리 씻어도 씻기지 않고, 딱딱한 딱지가 되어 온몸을 덮고 있었어. 나는 이제 나 자신에게 낯선 사람이 되어 있었어. 누가 내게 나쁜 마법을 건 다음 보이지 않는 실에 꿰어 꼭두각시처럼 조종하고 있는 듯했어. 하지만 나는 어떻게 해야 그 마법을 깨뜨릴 수 있는지 알지 못했어. 속이 자꾸만 메슥거렸어. 위 안에는 음식이 들어갈 자리가 남아 있지 않았어. 처음에는 끔찍한 수치심으로, 하지만 이제는 억누를 수 없는 분노로 가득 차 있었으니까.

나는 모든 게 도무지 이해가 안 됐어! 도대체 뭐지? 지난 며칠 동안, 아무래도 엘리아스하고 이야기를 한번 해 봐야겠다고 몇 번을 다짐했는지 몰라! 하지만 교문을 들어서는 순간, 내 용기는 물에 잠긴 개미집에서 개미들이 도망치듯 순식간에 사라졌어. 심지어 엘리아스가 쾌활하게 인사를 해도 손조차 흔들지 못했어. 황급히 뒤돌아 도망치느라 정신이 없었지. 사실 그건 벤과 마티스의 멈추지 않는 히죽거림을 피하기 위해서이기도 했어. 그 애들의 이상한 웃음 때문에 둘이 아니라 넷이 스카이프를 한 듯한 이상한 느낌이 들었거든.

"이런, 아멜리에! 조심 좀 못 하니?"

나는 그제야 잼 병이 접시를 막아 주었지만, 그 대신 잼 병이 식탁 가장자리까지 밀려나 아빠의 하얀 와이셔츠에 부딪혔다는 걸 알아차렸어. 와이셔츠에는 빨간 잼이 큼직하게 묻어 있었지.

아빠는 자리에서 일어나 싱크대로 가더니 행주에 물을 묻혀 배 부분을 신경질적으로 문질러 댔어.

"이거 봐라. 다 너 때문이야! 이제 나가야 하는데!"

아빠는 고개를 들다가 깜짝 놀라고 말았어.

"아니, 그렇다고 울 것까지야!"

울어? 말도 안 돼. 나는 얼른 냅킨을 집어 얼굴을 닦았어.

아빠가 다시 식탁으로 돌아와 앉았어. 아빠의 고급 와이셔츠는 커다란 물 얼룩이 생겼는데도 그 위로 보이는 아빠의 모습과 도무지 어울리지 않았어. 아빠의 머리카락은 헝클어질 대로 헝클어져 있었고, 면도는커녕 자면서 눌린 주름조차 채 다 펴지지 않은 부스스한 모습이었어. 마치 침대에서 일어나자마자 곧장 셔츠를 입은 것처럼 보였지.

그러니 엄마와 만날 부딪치는 것도 이상한 일이 아니었어.

"아멜리에, 너 요즘 왜 그래? 무슨 일 있니? 좀 이상해진 것 같아."

나는 들으란 듯이 크게 한숨을 쉬었어. 이 이른 아침, 나한테 정말 필요 없는 게 있다면 바로 '나한테는 다 말해도 돼' 유의 신파였어.

"나한테는 다 말해도 돼."

아빠가 멍청한 미소를 지으며 나를 바라보았어.

"뭘? 대체 뭘 말하라는 거야? 아무 일도 없어."

내 반응은 격렬했어.

나는 방어하듯 손을 쳐들었어.

"정말?"

아빠는 어떻게 해야 할지 모를 때 늘 그러듯 닥스훈트처럼 애처로운 눈빛을 했어.

"없어. 없다고 했잖아. 아, 지겨워."

아빠가 가여웠지만 나는 매섭게 한마디 덧붙였어.

"그리고 솔직히 무슨 일이 있다고 해도, 아빠한텐 말 안 해."

그 말이 아빠에게 치명타를 먹였어. 아빠는 따귀라도 맞은 사람처럼 뒤로 흠칫 물러섰어.

"아멜리에!"

아멜리에, 아멜리에! 아멜리에는 지금 진흙 웅덩이에 빠진 정도가 아니라 그 안에서 허우적대고 있다고요.

"너, 아빠한테 말버릇이 그게 뭐니!"

엄마가 또각또각 계단을 내려오면서 야단쳤어. 언제나 그렇듯, 회사가 아니라 대무도회에라도 가는 사람처럼 멋을 잔뜩 낸 모습이었지.

아니, 지금 뭐 하자는 거야? 둘이 갑자기 한편이 될 거야? 나 참, 기가 막혀서. 몇 달째 하루가 멀다고 다투기만 하던 사람들이 누군데? 정상적인 가정생활을 불가능하게 만든 사람들이 대체 누군데? 정말 드림 팀이 따로 없네, 진짜 굉장한 본보기들이서!

"엄만 그런 말 할 자격도 없잖아!"

내가 날카롭게 쏘아붙였어.

뭐가 잘 안 되는지 에스프레소 머신을 붙잡고 끙끙대던 엄마가 나를 돌아보았어.

"무슨 소리야?"

좋아요, 무슨 소리인지 정확히 말씀드리죠.

"적어도 난 아빠랑 아직 말은 해."

나는 일부러 아주 부드러운 목소리로 시작했어. 점점 더 목소리를 높여 갔지.

"누구처럼 아예 무시하거나 고래고래 소리를 지르지는 않는다고!"

마지막에는 아예 악을 썼어. 내용하고도 아주 딱 맞았지.

"아멜리에!"

두 사람 입에서 내 이름이 동시에 튀어나왔어. 아빠가 경악한 표정으로 벌떡 일어나다가 식탁에 부딪히는 바람에 잼 병이 다시 넘어질 뻔했어.

"아멜리에!"

나는 두 사람의 말투를 흉내 냈어.

"맞아. 그게 내 이름이야. 내가 착각하는 게 아니라면 엄마랑 아빠가 지어 준 거지, 아마? 근데 진짜 바보 같은 이름이야!"

나는 분노에 가득 찬 손길로 우유 잔을 집어 단숨에 끝까지 벌컥벌컥 들이켰어. 정말 끔찍한 맛이었어.

아빠는 놀란 눈으로 나를 그저 바라만 보았어. 화나고 슬픈 표정이었지. 하지만 엄마는 고개를 저으며 나를 피했어.

"너랑은 말이 안 되겠다. 어차피 나가 봐야 할 시간이고."

그와 동시에 내 귀에는 현관문 닫히는 소리만 공허하게 울려 퍼졌어.

아빠가 내 쪽으로 다가와 머리를 쓰다듬었어. 나는 입에 든 우유를 꿀꺽 삼킨 뒤 냅킨을 집어 들었어.

"나도 그만 회사에 가 봐야겠다. 오늘 저녁에 조용히 다시 얘기해 보자. 응?"

아빠는 잠시 서서 내 반응을 기다렸어. 하지만 내가 어깨만 으쓱해 보이자 그대로 돌아서 현관문 밖으로 사라졌어.

나는 그 자리에 그대로 앉아 있었어. 꼼짝도 하지 않고. 부엌 시계를 흘깃대는 시간 낭비 따위는 아예 하지도 않았어. 그때 초인종이 요란하게 울려 댔어. 젠장, 뭘 잊어버린 거지? 두 사람 중에 누구야?

짜증이 나서 발을 쿵쿵거리며 현관으로 가 문을 확 열었어. 하지만 문 뒤에는 키라와 니키가 서 있었어.

"뭐야? 웬일이야?"

나는 놀라서 물었어. 지금껏 그 둘이 아침에 나를 데리러 온 적은 한 번도 없었거든! 아니, 게다가 언제부터 이렇게 듀오로 다녔대? 또 다른 커플이라……. 오늘 아침엔 커플 구경 진짜 많이 하네!

"학교는 나 혼자서도 갈 수 있어."

내가 버럭 소리를 질렀어.

"알아."

키라는 눈썹 하나 까딱하지 않고 그대로 문을 활짝 열어젖히며 집 안으로 성큼 들어왔어.

"너랑 할 말이 있어서 온 거야."

니키는 아무 말 없이 그저 나를 바라만 보았어. 그러더니 키라의 뒤만 졸졸 따라다녔지. 나는 하는 수 없이 그 둘을 따라 거실로 들어왔어.

"야, 너희 집엔 누텔라(빵에 발라 먹는 초콜릿 맛 스프레드: 옮긴이) 없냐?"

키라가 물어보지도 않고 제 마음대로 식탁 앞에 앉으며 물었어. 니키는 고개를 푹 숙인 채 그 옆에서 쭈뼛거리고 있었어.

"없어."

나는 키라가 제 앞에 가져다 놓은 접시를 다시 홱 치우며 말했어.

"어머, 이를 어쩌나? 귀한 손님이 오셨는데 미리 장도 안 보고, 식탁도 안 차려 놓아서. 미안해라!"

"야, 이제 그만 좀 해!"

키라가 거칠게 대꾸했어. 니키는 애꿎은 신발 끝으로 있지도 않은 우리 집 양탄자를 후비고만 있었지.

"넌 갑자기 벙어리라도 됐니? 대체 왜 그러고 있어?"

나는 내 소꿉친구에게 버럭 화를 냈어. 니키는 잠깐 고개를 들어 슬픈 눈빛으로 나를 보았어.

"아멜리에, 이제 그만 좀 해. 앉아. 앉아서 우리 얘기 좀 들어!"

그래, 못 앉을 것도 없지. 나는 의자에 앉아 부엌에 걸려 있는 커다란 벽시계만 보란 듯이 똑바로 노려보았어.

"빨리 해, 시간 없으니까……."

"엘리아스 때문에 온 거야. 네가 나한테 해 준 그 얘기 때문에."

키라가 다시 입을 열었어.

내가 키라 쪽으로 몸을 숙이며 앙칼지게 속삭였어.

"그래, 맞아. 그건 내가 **너한테만** 한 얘기였어!"

"아멜리에."

몹시 괴로워하는 목소리가 니키 쪽에서 들려왔어.

"니키는 네 가장 오래된 친구고 네 베프야. 그러니까 당연히 니키도 알아야지!"

키라도 내 쪽으로 몸을 숙이며 위협적으로 나를 노려보았어.

"자, 너 이제부터 우리가 하는 말 잘 들어!"

키라가 니키에게 어서 시작하라는 듯한 눈빛을 보냈어.

니키는 당황해하며 목청부터 가다듬었어.

"아멜리에, 너 절대 그거 하면 안 돼! 엘리아스가 왜 너한테 그런 걸 시켰는지는 모르겠지만, 그건 정말 잘못된 일이야. 그 사실 하나는 확실해! 나라면 절대……."

"그래, 넌 엘리아스가 아니니까."

나는 아주 냉정하게 말을 잘랐어.

"그리고 넌 절대 엘리아스처럼 되지도 못해."

"그만해!"

키라가 주먹으로 식탁을 내려치는 바람에 쨍그랑 소리가 났어. 오늘은 잼 병 수난의 날인 것 같았어.

"너 그거 하면 진짜 바보 되는 거야, 그럼 그땐 아무도 널 도와줄 수 없다고! 분명 벤하고 마티스가 꾸민 짓이야, 모르겠니? 게네 그래 놓고서는, 순진한 애송이 아멜리에는 제가 좋아하는 영웅이 시키면 뭐든 다 한다고 배꼽을 잡을걸. 게다가 게네가 뭘 더 요구할지 어떻게 알아!"

나는 식탁 위에 놓여 있던 나이프를 꽉 움켜잡았어. '순진한 애송이 아멜리에'라는 말에 마음이 아팠어.

"아멜리에, 키라 말이 맞아! 그 녀석은 정말 개……."

니키가 애원하는 눈초리로 나를 바라보았어.

"그만들 해!"

나는 소리를 지르며 자리에서 벌떡 일어섰어.

"너희 대체 왜 이래? 문제가 뭐야? 니키, 너 혹시 질투하니? 엘리아스가 누구처럼 '시시껄렁한 농담'이나 지껄이는 꼬맹이가 아니고 어엿한 인격체라서? 그리고 너."

나는 그러면서 키라 쪽으로 돌아섰어.

"너 혹시 네가 '엘리아스'의 친구가 되고 싶은데 못 돼서 이러는 거야? 솔직히 넌 친구가 별로 없잖아. 아닌가?"

키라가 어처구니없다는 표정으로 나를 뚫어져라 바라보았어. 하지만 이제 나는 아무도 말릴 수 없는 지경에 이르렀어.

"너희는 엘리아스처럼 굉장한 애가 나 같은 애를 사귈 리 없다고 생각하는 모양이지? 놀림감으로 이용해 먹을 목적이 아니고서야 나 같은 애를 좋아할 리가 없다고 생각하는 거, 맞지? 하지만 그건 너희가 완전 착각하는 거야. 엘리아스는 그런 애 아니거든. 내가 확실히 알아. 너흰 나만큼 엘리아스를 몰라. 그리고 난 이제 애가 아니야. 내가 무슨 일을 하는지 정도는 나도 다 안다고! 내가 진짜 친군지 아닌지를 구별할 줄 알아서 정말 다행이지 뭐야."

나는 팔을 번쩍 들어 현관문을 가리켰어.

"가! 너희 둘 다! 당장 나가."

키라와 니키는 놀라면서 못 믿겠다는 표정으로 나를 바라보았어. 먼저 정신을 차린 것은 키라였어. 키라는 일어나서 니키의 팔을 잡더니 문으로 끌고 갔지.

"가자, 니키. 다 소용없는 짓이야."

키라가 씩씩댔어. 내 눈에 마지막으로 들어온 것은 꼿꼿이 선 그 애의 가운뎃손가락이었어. 두 사람 모두 바로 사라져 버렸지.

나는 내 방으로 뛰어 올라갔어. 집에 아무도 없었지만 문을 거칠게 쾅 닫고 잠갔어. 온종일 방에서 나가지 않을 생각이었어. 사실 키라와 니키에게 한 말은 진심이 아니었어. 솔직히 이제 어쩌면 좋을지 도무지 알 수 없었어.

고독한 결정

"빨간색 비옷 입을래, 아니면 파란색 비옷 입을래?"

예전에 날씨가 나쁠 때면 엄마는 나에게 늘 이렇게 물었어. 오후 간식 시간에는 "사과 깎아 줄까, 아니면 바나나 까 줄까?" 하고 물었고. 잠자리에 들면, "여기 이 그림책 세 권 중에 오늘은 어떤 걸 읽어 줄까?"라고 물었지.

어렸을 때 '결정'이란 늘 이런 식이었어. 무엇을 고르든 **다** 좋기만 한 것들을 엄마가 미리 골라 놓았기 때문에 사실 내가 뭐로 결정하는지는 그다지 중요하지 않았어. 그래도 엄마는 내가 함께 결정하고 있다는 중요한 느낌을 늘 심어 주었지. 뭐, 엄마의 신념이었다기보다는 수없이 읽은 육아서에서 그렇게 하라고 했을 거야. 어쨌건 내가 뭐로 결정하든 엄마는 늘 안전한 구역 안에 있었어. 나도 물론 그랬고.

하지만 이제 모든 게 변했어. 내 방으로 들어와 문을 잠그는 순간 그러한 사실이 고통스러우리만치 분명히 느껴졌지. 그곳엔 **아무도**

없었으니까. 니키와 키라는 고사하고 물어볼 사람도, 선택의 범위를 정해 주는 사람도, 엄마도 아빠도 없었어. 어쩌면 바로 이게 다들 의미심장하게 말하는 '어른이 된다는 것'인지도 모르지. 갑자기 스스로 결정을 내려야 하는 것, 옳은지, 나한테 좋은지 아니면 나를 심연의 나락으로 떨어뜨릴지 전혀 알지도 못하면서 억지로 선택해야 하는 이것이.

나는 닫힌 문에 기댄 채 필사적으로 방 안을 둘러보았어. 마치 누군가를 발견할 수 있기라도 한 것처럼. 순간 옷장에 눈길이 갔어. 잠시 망설이다가 조심스럽게 옷장 문을 열고 거울 앞 바닥에 웅크리고 앉았어.

처참하기 짝이 없는 소녀의 얼굴을 처참한 심정으로 들여다보았지. 그 순간 깨달았어. 그 소녀가 바로 나라는 사실을! 물론 소녀가 나인 줄은 늘 알고 있었지. 하지만 이제 그것을 **느낄** 수 있었어! 그럼에도 증거가 필요하다는 듯, 나는 이리저리 움직이고, 뺨을 꼬집고, 얼굴을 찡그리며 거울의 상이 내 모든 동작을 어떻게 똑같이 따라 하는지 지켜보았어. 그래, 거울 속 소녀는 나였어. 내 모습은 그 아이의 모습이었고, 그 애의 느낌은 내 느낌, 내가 그 애에게 하는 행동은 내가 바로 나 자신에게 하는 행동이었어. 그러니 나는 우리에게, 결국 나 자신에게 잘할 필요가 있었어. 모든 결정을 신중하게 할 의무가 있는 거야. 왜? 내가 내리는 결정은 결국 나에게, 다른 누구도 아닌 나 자신에게 영향을 미치기 때문에.

드디어 뭘 해야 할지 알 수 있었어. 사실 선택의 여지는 많지 않았어. 솔직히 지금 이 결정도 옳은지는 알 수 없었어.

하지만 시도는 해 봐야지.

가슴을 드러내고

준비가 끝났어. 이제 내 결정을 행동으로 옮길 차례였어. 나는 한 번 더 심호흡을 한 뒤 휴대폰을 집어 들었어. 엘리아스는 내 전화만 내내 기다린 사람처럼 신호음이 울린 지 1초도 채 안 되어 받았어.

"아멜리에! 오랜만이다!"

"응."

이것 말고 다른 말은 떠오르질 않았어.

엘리아스는 잠깐 뜸을 들였어.

"생각해 본 거야?"

당연히 생각해 봤지. 하지만 나는 여전히 내 계획대로 할 필요가 없기를 진심으로 바라고 있었어.

"네 요구도 변함없나 보네?"

"그런 게 아니야."

엘리아스가 얼른 자신을 방어했어.

"너한테 뭘 요구하는 게 아니야. 이건…… 그러니까…… 음, 설명하자면……."

설명? 설명 좋지. 나는 엘리아스를 빤히 바라보며 기다렸어. 엘리아스는 코를 긁적이며 겸연쩍게 웃더니 애꿎은 기침만 해 댔어. 하지만 설명은 하지 못했어. 그래, 할 수가 없겠지. 그렇다면 계획대로 하는 수밖에.

"저기, 엘리아스."

나는 단호하게 대화를 이어받았어.

"나, 정말로 결심했어. 어제저녁에 벌써. 그러느라 어제 하루 종일 내 방에만 있었어. 하지만 지금 생각해 보니까 내가 너무 애처럼 군 것 같아."

"그래?"

엘리아스는 솔직히 좀 놀란 듯한 눈치였어.

"응. 그래서 좀 미안한 마음까지 들더라. 솔직히, 별것도 아니잖아. 한 번쯤은 다들 벗는데 뭐. 까놓고 말해서 요즘 SNS에서 안 벗는 애가 어디 있어. 게다가 우린 서로에 대해 알 만큼 다 아는데. 그리고 무엇보다도……."

나는 거기까지 말한 다음 엘리아스의 눈을 더 잘 들여다보려는 사람처럼 휴대폰을 얼굴에 바짝 갖다 댔어.

"……난 널 믿어."

엘리아스는 아까보다도 더 세게 코를 문질러 댔어.

"그러니까…… 하겠단 말이지?"

나는 고개를 끄덕였어.

"응, 할게."

갑자기 화면이 흔들리는가 싶더니 엘리아스가 사라졌어. 하지만 곧 얼굴이 새빨개진 채로 다시 나타났지.

"미안, 실수로 휴대폰을 떨어뜨렸어. 우리 그럼 이제 스카이프로 바꿀까?"

엘리아스의 태도는 너무 쭈뼛거린다 싶을 정도였어.

"아니."

나는 단호하게 거절했어.

"이번엔 지난번처럼 하고 싶지 않아."

카메라 앞에서 나를 가려 주던 셔츠가 어깨를 타고 흘러내리던 광경이 떠올라 또다시 몸서리가 쳐졌어.

"그럼?"

엘리아스는 어리둥절해하는 모습이 역력했어.

"사진으로 보내 줄게. 지금 바로."

"위에…… 아무것도 안 입은 사진 말이야?"

"당연하지. 아님 무슨 사진을 보내?"

나는 아주 예리하게 대꾸했어.

"좋아, 좋아. 괜찮아. 당연히 괜찮지."

엘리아스는 혹시라도 내가 마음을 바꿀까 봐 얼른 대답했어.

"좋아. 그럼 일단 잠깐 끊어."

나는 통화를 끝낸 뒤 내 휴대폰 앨범을 열었어. 어제 찍은 사진이 주르르 나타났어. 불빛을 바꿔 가며 아주 다양한 포즈로 찍은 수많은 사진이. 서둘러 사진들을 차례로 클릭했어. 그러고는 확대를 해 가면서 일일이 다시 확인했지. 어느 거더라? 이거였나? 나는 머리와 얼굴, 훤히 다 드러난 가슴과 배를 자세히 뜯어보았어. 그래, 이걸로. 나는 '공유' 버튼을 눌렀어.

순간 간신히 다져 놓은 결심이 허물어지면서 온몸이 떨리고, 심장마저 불규칙하게 쿵쾅거리기 시작했어. '보내기' 버튼 위에 놓여 있던 손가락이 주춤했지. 뭐야, 천 번도 넘게 생각해 봤잖아?! 하지만 머릿속에서 생각하는 것과 정말로 행동에 옮기는 것은 천지 차이였어. 지금 이걸 보내면, 그걸로 끝이었어. 다시는 무를 수 없는 거지.

"인터넷은 절대 잊어버리지 않아!"

지금까지 수도 없이 들은 이 말.

그렇지만 손가락은 곧 저항을 포기하고 '보내기' 버튼을 눌렀어. 동시에 엘리아스가 사진을 받았을 뿐만 아니라 이미 열어 봤다는 것을 알려 주는 파란색 확인 표시가 나타났어.

나는 휴대폰을 뚫어져라 응시하며 반응을 기다렸어. 시간이 걸렸어. 왜 이렇게 오래 걸리지? 마침내 반응이 왔어. 하지만 글 몇 마디가 고작이었지.

고마워! 진짜 멋지다. 근데 나 이제 가 봐야 해. 그놈의 과외……알지? 또 봐!

나는 너무 기가 막혀서 눈을 동그랗게 뜨고 휴대폰만 바라봤어.

이게 다야? 아무것도 입지 않은 사진을 보냈는데, 내 가슴과 영혼과 마음까지 모든 것을 보여 주었는데, 뭐? '그놈의 과외…… 알지?'라고?

휴대폰을 벽에다 던져 그대로 박살을 내 버릴까 하는 찰나, '띠링' 하고 또 다른 메시지가 도착하는 신호음이 울렸어. 아니나 다를까, 엘리아스였어. 그럼 그렇지, 너무 썰렁한 반응이었다는 거 자기도 느꼈겠지.

하지만 그건 내 착각이었어. 엄지를 올린 손 하나만 덜렁 떠 있었거든.

144

너무 마음 상하지 마

중성자탄이 터져 버리면 딱 좋겠어. 지진이나 허리케인도 상관없고. 그저 세상이 잔재도 찾아볼 수 없을 만큼 산산이 부서져 버리면 돼. 그럼 학교에 안 가도 될 테니까.

나는 이불을 머리 위로 뒤집어쓰고 알람 소리를 무시하려고 했어. 하지만 오늘 또 결석할 수는 없었어. 야단은 그저께 하루 맞은 걸로 충분하니까. 문밖에서 발소리가 들려왔어. 아하, 분노가 계단을 올라오는구나.

문이 열리는가 싶더니 엄마가 머리를 쑥 들이밀었어.

"그래, 우리 오늘은 학교에 좀 가 줘야지?"

엄마가 빈정댔어.

우리? 웬 우리? 지금 나랑 학교엘 같이 가겠다는 말이야? 나도 키라처럼 가운뎃손가락을 치켜 보이고 싶었지만, 차마 용기를 내지 못했어.

잠시 뒤 나는 억지로 집을 나섰어. 하지만 현관문을 나서는 순간

부터 머리가 어찌나 핑 돌던지 쓰레기통을 붙잡고 한동안 서 있어야 했어. 하긴 밤새 잠을 설쳤으니 그리 놀랄 일도 아니었지. 잠깐 선잠이 들었나 싶으면 계속해서 소스라치게 놀라며 잠에서 깼어. 어제 낮에 들었던 말의 파편들이 머릿속에서 어지러이 윙윙거렸지. …… 지금 너 엿 먹이고 있는 거야…… 배꼽을 잡을걸…… 게네가 뭘 더 요구할지 어떻게 알아…….

말도 안 돼, 다 허튼소리야. 계속 가, 아멜리에, 계속. 하지만 가면 갈수록 걸음을 떼기가 힘들었어. 땅이 흔들려 중심을 잡기가 어렵고, 머리가 지끈거렸지. 학교에서 무슨 일이 벌어질지 짐작도 못 하면서 덜컥 겁부터 났어.

나는 학교에 가기 위해 나 자신을 속여야 했어. 그래, 다시 초등학교에 간다고 생각하자! 초등학교는 정말로 내가 지금 다니는 김나지움 옆에 있으니까. 내가 수백 번도 더 다녀 본 이 길로 가는 거 맞잖아. 자, 어서! 나는 어린 꼬마고, 지금 학교에 가는 거야. 친절한 호니히 선생님이랑 재미있는 만들기 놀이를 하면서 즐거운 하루를 보내려고!

나는 정말로 그렇게 믿었고, 그러자 걸을 수가 있었어. 심지어 노래까지 흥얼거리면서 도로 연석이 나오면 폴짝폴짝 뛰어올랐다 뛰어내리기를 반복했지. 등에 덜렁대는 학교 가방만 있으면 초등학생이 따로 없었어. 하지만 내 환상은 길이 끝나면서 함께 끝나 버렸어. 초등학교 교문 앞에 도착하는 순간 허무맹랑한 공상을 끝내야 한다는 사실을, 나는 이제 그곳에서 할 수 있는 게 아무것도 없다는 사실을 인정할 수밖에 없었거든. 결국 나는 다시 뒤로 돌아 내가 다니는 학교 쪽으로 발걸음을 옮겼어. 그러자 현기증이 또다시 극심하게 몰려왔지.

나는 황급히 교문을 통과해 내가 가야 할 교실이 있는 건물 쪽으로 걸어갔어. 이제 운동장만 지나면 돼.

하지만 그건 불가능한 일이었어.

운동장으로 들어선 지 불과 몇 발자국도 안 됐는데 벌써 커다란 웃음소리가 들려왔어. 널 보고 웃는 게 아닐 거야, 아멜리에. 넌 왜 그렇게 무슨 일만 있다 하면 너 때문이라고 생각하니. 나는 나 자신을 달랬어. 그러면서 잠시 고개를 드는 순간, 전혀 달갑지 않은 광경이 눈에 들어왔어. 저만치 앞쪽에 엘리아스가 서 있는 게 보였거든. 엘리아스 옆에는 벤, 마티스 그리고 또 다른 동급생 몇몇이 모여 서 있었어. 휴대폰이 이 손에서 저 손으로 끊임없이 돌아가고 있었지. 낄낄거리는 소리, 왁자지껄한 웃음소리, 고함 소리가 끊이지 않았어. 동시에 여럿이 나를 계속해서 흘깃거렸어. 그런데 벤이 갑자기 무리를 뒤로하고 내 쪽으로 다가왔어. 뭐야, **도대체 왜 나한테 오는 거지???**

"어이, 아멜리에."

벤이 실실 쪼개며 인사를 건넸어. 입이 양 귀에 걸릴 정도로 활짝 웃고 있었지만 결코 상냥한 웃음은 아니었어.

그때까지만 해도 마음속에 품고 있던 환상과 착각과 자기기만과 희망은 내가 미처 뭐라고 대꾸도 하기 전에 완전히 사라졌어.

"너 굉장하던데? 나쁘지 않더라고? 블라우스 밑에 감춰진 그거 말이야. 아버지 셔츠 밑에 그렇게 굉장한 게 감춰져 있는지 누가 생각이나 했겠냐."

짐작이 사실로 확인되는 순간 충격이 전기 쇼크처럼 나를 강타했어. 벤은 나를 위에서 아래로 죽 훑었어. 나는 대거리는커녕 얼어붙은 듯 움직이지도, 숨을 쉬지도 못했어. 끝장이야. 모든 게 끝났어.

하지만 끝장이 난 사람은 나지, 벤은 아니었어.

"아직 좀 빈약하긴 하더라. 하지만 가능성이 있어. 우리 알고 지내는 게 어때? 한번 만날까? 몇 년 뒤에 말이야. 관심 있거든."

내가 빠져 있던 진흙 웅덩이는 이제 끔찍한 돼지 분뇨 냄새로 가득한 깊은 구덩이가 되어 버렸어. 나는 가만히 서 있었어. 내가 거기에 있다는 것을, 내가 존재한다는 것을 알아차리게 될까 봐 움직일 수조차 없었지.

그때 발소리가 들렸어.

"장난 그만 쳐, 벤. 이제 좀 내버려 둬."

엘리아스였어. 벤이 히죽거리면서 멀어져 가는 동안 동그래진 내 눈이 따끔거리기 시작했어. 나는 눈을 깜빡거리며 엘리아스를 쳐다봤어. 뭐라고 한마디 하고 싶었지만 말들은 깊고 깊은 곳에 틀어박힌 채 나오기를 거부했어.

엘리아스는 내 앞에 서 있었어. 아주 가까이. 그 애가 느껴졌지. 지금껏 그렇게 많은 일이 일어났음에도, 나는 놀랍게도 엘리아스와 그렇게 마주 보고 서 있는 게 처음이라는 사실을 깨달았어. 피부에 그 애의 숨결이 닿을 만큼 정말로 가까이에 있었어. 콧등에 작은 여드름이 났구나. 거뭇한 수염도 듬성듬성 보이네. 입술은 바짝 말라 갈라졌고. 키도 생각했던 것보다는 작고 어깨도 별로 넓지는 않네. 하지만 그래도 여전히 잘생긴 얼굴이었어, 유감스럽게도.

눈물의 임무는 슬픔의 표현이 아니라, 앞에 서 있는 사람의 상을 뿌옇게 만드는 것인지도 모른다는 생각이 들었어. 우리가 계속해서 꿈과 희망 속에서 살아갈 수 있도록.

"에이, 울지 마."

엘리아스가 겸연쩍어하며 중얼거렸어. 그러면서 자신 없는 표정으로 주위를 두리번거렸지.

"그냥 다 장난이야. 그 이상도, 그 이하도 아니야. 그리고 말이 나와서 말인데, 너 그렇게 네 몸을 감출 필요 없겠더라. 자신감 가질 만하던데! 정말이야. 너무 심각하게 생각하지 마. 남자애들은 다 그래. 미안해. 진심이야. 너무 마음 상하지 마, 알았지?"

엘리아스는 그러고서 잠시 기다렸어. 하지만 내가 아무 대답도 하지 않자 그대로 돌아서서 제 친구들이 있는 곳으로 가 버렸어. 나의 언어 능력은 더러운 저주, 험한 위협, 거친 욕설로 나를 돕는 대신, 오히려 조금 전보다도 더 깊은 곳으로 꺼져 버렸어. 그러더니 내 안에 무거운 바윗덩어리처럼 들어앉아 내 두 발을 땅속으로 가라앉혔어. 나는 가까스로 건물을 향해 걸음을 옮겼어. 어마어마한 노력이 필요했지. 지금 이 세상에서 내가 머물고 싶은 단 하나의 장소, 그 유일한 장소가 나를 이끌면서 힘이 되어 주었지.

나는 가까스로 운동장을 가로질렀어. 이제 웃음소리는 엘리아스
와 그의 패거리가 모여 있던 구석뿐만 아니라 사방에서 들려왔어.
조심스레 눈길을 들어 보니 역시 예상했던 대로 점점 더 많은 학생
들이 다른 아이들에게 휴대폰을 보여 주고, 그럴 때마다 웃음이 터
져 나왔어. 웃음소리는 커다란 파도처럼 학교 운동장 전체로 퍼져,
먼 구석에서까지도 낄낄거리는 소리가 들렸어. 얼마 안 가 모든 아
이들이 자기 휴대폰을 보거나 나를 보거나 둘 중 하나였지. 나는 더
빨리 걸었어. 하지만 악몽에서처럼, 가까이 다가가면 갈수록 집은
점점 더 멀어지는 것만 같았어.

"아멜리에, 기다려!"

나는 계속 걸으면서 뒤를 돌아보았어. 니키와 키라가 내 쪽으로
달려오고 있었어. 아니, 지금 나한테 필요한 건 저 두 사람이 아니
야. 보나 마나 '거봐, 우리가 뭐라고 했어!'라고 할 텐데, 그런 말은 듣
고 싶지도 않아. 나는 귀를 막고 걸음을 재촉했어. 내가 낼 수 있는
가장 빠른 속도로 뛰다시피 걸었지.

나는 건물 안으로 들어가자마자 바로 오른쪽으로 돌아 여자 화장
실로 곧장 달려갔어. 그러고는 아무 문이나 있는 힘껏 밀어젖혔어.
문이 요란한 소리와 함께 얇은 칸막이벽에 부딪히는 바람에 칸막이
가 겁이 날 정도로 흔들렸어. 나는 다짜고짜 안으로 들어가 고리를
채웠어. 드디어! 혼자가 됐어! 저 바깥세상과는 이제 차단됐어!

나는 안도의 한숨을 내쉬려다가 코를 틀어막았어. 우욱, 이게 도대
체 무슨 냄새람! 그러나 그 냄새는 역겨운 동시에 여기가 나한테 어

울리는 곳이라는 생각을, 이곳이 내가 있어야 할 곳이라는 확신을 굳혀 주었어. 나는 쓴웃음을 지으며 옆을 살펴보았어. 벽에는 '한나와 팀, 사랑에 빠지다', '저스틴, 네 아이를 가지고 싶어' 따위의 낙서들이 빼곡했어. 허튼 낙서들! 한쪽 구석에 쓰여 있는 'Fuck you!'는 그래도 좀 나았어. '남학생들의 99퍼센트는 다 잘생겼다. 그런데 그 나머지 1퍼센트가 우리 학교에 다닌다'도 나쁘지 않았지.

내 눈길이 변기에 가닿았어. 변기 뚜껑은 떨어져 나가 없었고, 걸터앉는 부분은 삐딱하게 놓여 있었어. 그 위로 누르스름한 얼룩들이 보였어. 속이 울렁거렸어. 그래, 나한테 지금 필요한 건 바로 이 느낌이야. 나는 얼굴을 잔뜩 찌푸린 채 변기 위로 허리를 굽혔어. 그러고는 잔혹한 만족감을 느끼며 짙은 갈색 자국을 들여다보았어. 이제, 드디어, 올라온다, 배 속에 꽉 뭉쳐 있던 바윗덩어리가 풀어지면서 꿀럭꿀럭 위로 올라오더니 '우웩, 우웩' 하는 큰 소리와 함께 몸 밖으로 배출됐어. 나는 힘껏 소리를 지르고, 주먹으로 칸막이를 쾅쾅 치고, 울고, 악을 쓰고, 문을 걸어차다가 벽에 등을 댄 채 흐느끼면서 그대로 주르르 미끄러져 바닥에 주저앉았어. 변기 옆에 쭈그리고 앉자 그제야 잃어버렸던 말도 되찾았지.

"제기랄, 제기랄, 제기랄!"

나는 욕을 해 댔어. 그러고는 아주 크고 분명하게 소리쳤어.

"엘리아스, 넌 진짜 개새끼야!"

하인 선생님, 보세요! 이거야말로 최고의 은유 아닌가요?

쫓김

나는 어두운 숲속을 달리고 있었어. 겁에 잔뜩 질려 사방을 경계하면서. 번번이 나무뿌리나 돌부리에 걸려 넘어졌지만 황급히 다시 일어나 쉬지 않고 내달렸어.

커다란 불곰이 나를 쫓아오고 있었어. 어쩌다 뒤를 돌아보면 곰은 몸을 벌떡 일으키며 아가리를 쩍 벌린 채 위협하듯 울부짖었어. 그러고는 다시 쿵 하고 앞발을 내디디며 나를 향해 달려왔지.

마침내 숲 가장자리에 다다랐어. 눈앞에 텅 빈, 가파른 풀밭이 펼쳐졌어. 나는 달리고 또 달렸어. 하지만 나보다는 곰이 빨랐어. 곰은 곧 나를 따라잡을 것만 같았어. 순간 나는 또다시 넘어지면서 언덕을 데굴데굴 굴러 어느 한구석에 나동그라지고 말았어. 끝이었지. 곰이 날 따라잡았으니까. 곰은 엄니로 내 엉덩이를 베어 물기 전 마지막으로 한 번 더 괴성을 질렀어. 그러고는 모든 것이 새까맣게 변했어. 다행이야, 이제 끝났어.

어렸을 때 이 꿈을 얼마나 자주 꿨던지. 곰에게 쫓기다 옆구리를 물어뜯기는 이 악몽은 계속, 계속 되풀이됐어. 정말 끔찍했지. 하지만 정기적으로 반복되었기 때문에 그나마 다행이기도 했어. 온몸이 땀에 젖은 채 비명을 지르며 잠에서 깨면 어떻게 해야 하는지 알고 있었거든. 여전히 쿵쾅대는 심장 소리를 들으며 포근한 이불에 몸을 돌돌 말고 기다리는 거야. 그러면 문이 살며시 열리면서 나를 안심시키는 나지막한 속삭임이 들렸지.

"괜찮아, 아멜리에. 그냥 꿈을 꾼 것뿐이야."

하지만 **지금 이 악몽은** 깨어나 봤자 위로도 포근함도 전혀 기대할 수가 없었어. 나는 여전히 화장실 바닥에 쭈그리고 앉아 벽에 적힌 낙서들을 보고 있었어. 순간 문가에서 부스럭거리는 소리가 들리더니 나직한 목소리가 들렸어.

"아멜리에, 괜찮아?"

나는 묵묵히 고개를 저었지만, 밖에서는 문 때문에 보일 리가 없었지. 다급하게 주고받는 속삭임이 들리더니 누군가가 문을 두드렸어. 그러고는 잠시 내 반응을 기다린 뒤 손잡이를 밀었어. 소용없는 일이었지. 순간 내가 앉아 있는 타일 바닥이 몹시도 차갑다는 사실을 깨달았어.

"아멜리에, 제발, 문 좀 열어!"

니키가 분명했어. 니키의 목소리는 겁에 질려 떨리고 있었어. 지금껏 한 번도 못 들어 본 목소리였지. 쟨 왜 저래? 왜 평소처럼 말장난을 안 하지? 나는 자조하듯 피식 웃었어. '엘리아스여, 영원히 고독하라' 같은 말, 괜찮잖아? 그런 말 좀 해 줘야 하는 거 아니야?

"야, 아멜리에, 이제 그만하고 좀 나와! 아님 우리가 들어갈 수 있게 문을 열든지. 어느 쪽이든 상관없으니까 허튼짓만 하지 마!"

키라. 늘 그렇듯 니키보다 훨씬 더 급해. 잔뜩 화가 났네. 대체 누구한테 화가 난 거지?

나는 구부리고 있던 다리를 조심스럽게 뻗었어. 완전히 쭉 뻗으려니 칸막이 밑으로 해서 옆 칸에다 발을 집어넣을 수밖에 없었어. 옆 칸에 누가 있다면 갑자기 나타난 발 때문에 어리둥절해할 테지.

바깥세상을 완전히 단절할 최후의 수단으로 나는 두 손으로 얼굴을 가려 버렸어. 하지만 다 부질없는 짓이었어. 화장실 밖에서 '띠링' 하는 메시지 도착음이 들렸거든. 거의 동시에 한 번 더 '띠링'. 그리고 또 한 번 더 '띠링'. 그런데 세 번째는 내 책가방에서 난 소리였어.

나는 잠시 멍한 표정으로 가방을 바라보았어. 마치 그걸 어떻게 열어야 하는지 모르는 사람처럼. 하지만 내 손은 결국 가방에서 휴대폰을 꺼내 들고야 말았지. 패턴을 풀고 메시지를 확인했어. 아니, 이번에는 놀라지도, 아프지도 않았어.

반대로 문밖에서는 그야말로 난리가 벌어지고 있었어.

"야, 이거 좀 봐!"

"이런 나쁜 새끼가 있나. 내 이 새끼를!"

"개새끼!"

야, 개새끼는 내가 생각해 낸 은유야. 나는 이상하리만치 평온하게 천천히 자리에서 일어섰어.

반면 니키하고 키라는 고래고래 소리를 지르면서 있는 대로 욕을 해 대고 있었어. 그러고는 마침내 그 분노의 에너지를 화장실 문에 다가 분출하기 시작했지. 두 사람이 어찌나 세게 문을 두드려 대던지, 나는 자칫 얼굴을 맞을까 봐 문을 열 엄두가 안 났어.

"됐어, 그만해, 그만들 좀 하라고! 이제 나갈게!"

소리가 딱 멈췄어. 나는 고리를 푼 뒤 문을 열고 밖으로 나갔어.

니키하고 키라가 분개한 표정으로 나를 바라보았어. 얼굴이 어찌나 상기되었는지 잘 익은 토마토들 같았어. 하지만 빨개진 내 볼도 딱히 더 나을 건 없다는 생각이 들었어.

"야, 너 그나마 눈 화장을 안 해서 다행이다……. 얼굴 꼴이 그게 뭐냐?"

마침내 키라가 먼저 침묵을 깼어. 아주 건조한 말투였지.

그래, 위로해 줘서 고맙다, 키라.

"아멜리에, 이를 어째, 애통하여라……."

니키가 제 특유의 말투로 중얼거렸어. 니키다웠지. 나는 피식 웃지 않을 수 없었어. 순간 니키가 나를 덥석 끌어안았어. 지금까지 수백 번도 더 끌어안았지만 이번엔 왠지 전혀 다른 느낌이었어.

좋았어. 그냥 무조건 좋았어. 온몸으로 기분 좋게 퍼지는 전율을 느끼며 나는 조용히 눈을 감았어. 하지만 문득 무슨 생각이 들면서 다시 눈을 떴지. 어, 니키가 언제부터 이렇게 컸지? 늘 나랑 똑같았는데. 내 머리가 갑자기 왜 애 가슴에 닿는 거야? 나는 니키의 얼굴을 올려다봤어. 니키의 얼굴은, 몇 시간 전처럼 느껴지지만 실제로는 불과 몇십 분 전에 마주하고 있었던 엘리아스의 얼굴보다 훨씬 더 가까이에 있었어. 니키도 입술 위에 거뭇한 수염이 있나?

니키가 놀란 내 눈빛에 수줍은 웃음으로 답하며 살며시 내 손을 잡았어. 하지만 키라가 끼어들었지.

"자, 이제 교장 선생님한테 가자, 지금 당장. 빨리."

"교장 선생님? 왜?"

"왜라니?"

키라가 길길이 뛰며 되물었어.

"네 사진이 우리 반 채팅방에 올라왔으니까! 지금이면 거기 말고도 여기저기 다 올라왔을 거야! 그러니까 교장 선생님한테 가야지!"

키라는 그러면서 우리 모두 잘 볼 수 있게 제 휴대폰을 앞으로 내밀었어. 하지만 세 사람의 눈길이 허옇게 드러난 가슴에 닿자 얼른 다시 손을 내리고 말았어.

"빨리 막아야 해! 자, 같이 갈 사람?"

키라는 쩔렁거리는 소리를 내며 팔을 전투적으로 옆구리에 올렸어.

"그럴 필요 없어. 안 가도 돼."

내가 차분하다시피한 목소리로 대답했어.

"뭐? 너 이제 완전히 미쳤니?"

"아니, 멀쩡해. 자, 봐 봐."

니키와 키라의 어리둥절한 표정을 보며 나는 가방에서 다시 내 휴대폰을 꺼냈어. 이번에는 손이 거의 떨리지 않았어. 그러고서 어차피 채팅 창을 열면 첫 번째로 나타나는 그 애 이름을 클릭해서 글을 쓰기 시작했지.

안녕, 엘리아스.

내 사진을 그렇게 여기저기 올리는 걸 보니 진짜 마음에 들었나 보구나. 기쁘다. 👍

너도 나한테 웃통 벗은 사진 한 장 보내지 않을래? 아주 간단해. 네 얼굴 사진만 한 장 찍으면 되거든. 근데 네 머리는 아예 텅 빈 것 같더라. 안 그랬으면 그 사진이 가짜인 줄 금방 알아봤을 텐데. 물론 얼굴은 내 얼굴이었지. 하지만 몸은 배우 에밀리아 클라크 거 합성한 거야. 그 가슴이 그렇게 마음에 들면 팬레터라도 써 보지 그러니? 아, 하긴…… 에밀리아 클라크가 너 같은 애한테 관심 있을 리가 없지. 세상엔 다른 바보들도 많으니까. 미안해. 너무 마음 상하지는 마, 알았지?

그럼 이만 😵
아멜리에
08:24

나는 메시지를 보냈어. 그러고는 며칠 전에 내 방에서 가슴 사진을 합성할 때 썼던 사진 두 장도 바로 이어서 보냈지. 니키하고 키라는 입을 헤벌린 채 어느새 내 옆에 바싹 붙어 서서 내가 하는 것을 지켜보고 있었어. 나는 엘리아스한테 보낸 텍스트와 사진을 한 번 더 클릭해서 내 주소록에 입력된 모든 그룹 채팅방에 올렸어. 우리 반 채팅방, 체육반 채팅방, 연극반 채팅방 그리고 또 다른 두 채팅방에도. 그거면 충분했어. 이제 내 메시지는 날개 돋친 듯 알아서 퍼져 나갈 거야. 나는 흡족한 표정으로 휴대폰을 치웠어. 오늘은 휴대폰 쓸 일이 더 이상 없을 테니까.

나는 니키와 키라를 뒤로한 채 가방을 들고 화장실에서 나왔어. 건물 문을 열고 운동장으로 나오자 아까와 다름없이 여전히 많은 아이들이 모여 있었어. 좋아, 이제 최대한 탈 없이 운동장을 가로질러 철수하는 거야. 나는 정말로 등을 꼿꼿이 펴고 머리를 똑바로 들고 걸었어. 천천히 그리고 어느 정도 품위까지 있어 보이기를 바라며 교문을 향해 똑바로 나아갔어.

갑자기 신처럼 어마어마한 힘을 가진 존재가 된 기분이었어. 어디 불이라도 난 것처럼 잔뜩 흥분해서는 서로를 불러 대며 자기 휴대폰을 보여 주던 아이들이 내가 다가가면 갑자기 벙어리처럼 입을 다물고 자리를 내주었거든. 내 앞에 있던 아이들은 예수가 바다를 건널 때처럼 쫙 갈라졌어. 아니, 가만있어 봐, 예수가 아니던가? 예수는 물로 포도주를 만든 사람이었나? 모세. 그래, 모세는 누구였더라? 자기 민족을 이끌고 무슨 바다로 가서 누구 하나 양말조차 젖지 않게 바다를 건너게 한 사람이었나?

지금 상황에 이런 말도 안 되는 생각을 하고 있다니.

나는 턱을 치켜든 채 발에 물 한 방울 안 묻히고 마침내 교문에 다다랐어. 그러고는 최소한 여왕처럼 학교 밖으로 빠져나왔지! 하지만 가까스로 유지하고 있던 나의 평정심은 길모퉁이를 돌아서는 순간 다시 무너져 버렸어. 눈앞은 뿌예지고, 등허리는 지탱할 힘이 사라졌어. 나는 그런 모습으로 누구와 마주칠까 봐 달리기 시작했어. 달릴 힘을 얻기 위해, 어릴 적 나를 쫓아오던 그 빌어먹을 곰을 상상했어. 숲을 통과해 언덕으로 내달렸지만, 이번에는 적어도 넘어지지 않으려고, 이번만큼은 잡아먹히지 않으려고 기를 쓰고 달렸어. 다해피엔드로 끝날 수 있도록.

그리고 결국 해냈어. 비록 눈물 콧물 범벅이었지만 무사히 집에 도착한 거야. 나는 코를 훌쩍거리며 부예서 잘 보이지도 않는 눈으로 가방에서 열쇠를 찾기 시작했어. 하지만 아무리 찾아도 찾아지지를 않았어. 젠장, 하는 수 없지. 나는 오래 고민하지 않고 가방에 든 것을 집 앞 계단에 와르르 쏟아부었어. 그러고는 오로지 열쇠만을 생각하면서 소지품 사이를 헤집고 있는데 갑자기 현관문이 저절로 열렸어. 어떻게 이럴 수가 있지? 엄마, 아빠 다 회사에 있을 시간인데? 나는 어리둥절한 표정으로 고개를 들고 일단 눈물부터 훔쳤어. 아무것도 안 보였으니까.

엄마의 얼굴 꼴은 정말 말이 아니었어. 엄마는 안타깝게도 아침에 눈 화장을 했던 거지.

별난 사람들의 모임

　내 집게손가락은 나뭇결의 부드러운 곡선을 따라 올라갔어. 그러다 옹이구멍 앞에 잠시 멈춰 거칠거칠한 구멍을 한동안 더듬었지. 그리고는 다시 식탁 끝까지 죽 올라갔다가 방향을 바꿔 이번에는 다른 나뭇결을 타고 내게로 돌아왔어.

　나는 가끔씩 눈길을 들어 앞을 올려다보았어. 엄마는 가만히 앉아 멍하니 앞만 보고 있었어. 꼴이 정말 말이 아니었어. 검은색 아이라인이 번질 대로 번진 두 눈은 퉁퉁 부어올라 단춧구멍처럼 작아져 있었고, 빨개진 코는 풍선처럼 부풀어 있었어. 머리는 구깃구깃한 휴지를 움켜쥔 손으로 간신히 떠받치고 있었지. 순간 엄마가 갑자기 순백색 고급 블라우스의 위쪽 단추를 잡아 뜯었어. 덜컥 숨이 막힌 사람처럼. 단추가 떨어져 나가면서 숨통이 트이자 엄마는 다시 멍하니 앞만 바라보았어.

　"이 시간에 집에서 뭐 하는 거야? 지금 일하고 있어야 하는 거 아니야?"

마침내 내가 조심스레 질문을 던졌어.

엄마가 쓴웃음을 터뜨렸어.

"그래, 일할 시간이지. 하지만 오늘은 아니야."

"그렇구나……."

그러고는 또다시 숨 막히는 분위기 속에서 집게손가락 여행이 시작됐어. 그런데 엄마가 갑자기 고개를 번쩍 들더니 놀라운 질문을 던졌어.

"근데 넌 지금 여기서 뭐 하는 거니? 학교에 있어야 할 시간 아니야?"

"어, 학교에 있어야 할 시간이지. 하지만 오늘은 아니야."

"그렇구나……."

맙소사, 딸이 학교에 가든 말든 상관이 없다니, 엄마한테 진짜 무슨 일이 있나 보네. 엄마가 갑자기 벌떡 일어서더니 계단을 뛰어 올라가 안방으로 사라졌어. 몇 분 뒤 다시 주방으로 내려온 엄마는 놀랍게도 고급 블라우스와 정장 치마 대신 추리닝 바지와 헐렁한 풀오버 차림이었어. 그런 엄마의 모습은 정말 오랜만이었어. 문득, 내가 그런 모습을 얼마나 그리워했는지, **엄마**를 얼마나 그리워했는지 알 것 같았어.

"근데 내일은 다시 갈 거야?"

나는 조심스럽게 물었어. 하지만 내 목소리에 깃든 기대감은 감추려 해도 감춰지지가 않았어.

"글쎄."

엄마는 그렇게만 말했지만 조금 뒤 고개를 돌려 마침내 나를 보았어. 이번에는 **정말로** 보는 거였어.

"요즘 우리 때문에 많이 힘들었지?"

엄마가 그렇게 묻더니 조용히 한마디를 덧붙였어.

"미안하다. 진심이야."

아 젠장, 늘 이 모양이지. 엄마가 날 측은해하며 애정 어린 말만 조금 했다 하면 꾹 참았던 눈물이 이렇게 터지고야 만단 말이야. 그렇다고 지금 또 울 수는 없어! 나는 뜨뜻한 덩어리를 목구멍으로 꾹꾹 밀어 넣으며 보일락 말락 하게 고개만 살짝 끄덕였어.

엄마의 손이 나뭇결을 넘어오더니 내 손을 꼭 잡았어.

"엄마도 안 좋은 일이 있었나 봐, 그렇지?"

나는 목청을 가다듬고는 살며시 웃었어.

"아니야, 아무 일도 없었어. 정말이야."

엄마는 몸을 단호하게 꼿꼿이 세웠어.

"하지만 이 말도 안 되는 짓도 이젠 끝이야. 할 수만 있다면 지난 몇 달, 몇 주는 정말로 말끔히 잊어버리고 싶어!"

엄마는 그러더니 나를 찬찬히 뜯어보며 물었어.

"그건 그렇고 넌 오늘 왜 그래? 학교에서 무슨 나쁜 일이라도 있었던 거야?"

글쎄, 뭐 그렇게 표현할 수도 있겠지. 나는 어디서부터 시작해야 좋을지 몰라 망설였어. 엄마와 나 사이에는 그동안 밀린 이야기가 너무 많았어. 그때 갑자기 현관문 열리는 소리가 들렸어.

나는 놀라서 엄마를 바라보았지만, 엄마는 아주 태연했어. 이어서 아빠가 거실로 들어오는데도 전혀 놀라는 기색이 아니었어. 아빠는 손에 커다란 봉투를 들고 있었어.

"아니, 아멜리에, 너 여기서 뭐 하는 거니? 지금 이 시간이면……."

"맞아. 그런데 오늘은 아니야."

엄마하고 내가 입을 모아 동시에 대답했어.

"알았다, 알았어."

아빠가 졌다는 식으로 두 손을 들어 올리며 웃음을 터뜨렸어. 아빠 기분이 이토록 좋다니, 정말 오랜만이었지.

"그러는 아빠는? 일해야 하는 거 아니야?"

"해야지. 하지만 오늘은 아니야."

아빠는 그러면서 내게 한쪽 눈을 찡긋해 보였어.

"아까 엄마한테 전화가 왔었어. 그러면서 오랜만에 이게 먹고 싶다고 해서……. 자, 봐라, 따단!"

아빠는 손에 든 봉지를 호들갑스럽게 식탁 위에 내려놓더니 안에서 커다란 빵을 꺼냈어.

"곰보 케이크!"

내가 놀라서 외쳤어.

엄마가 웃으면서 자리에서 일어섰어.

"가서 포크 가져올게!"

"생크림 덜 숟가락도!"

아빠가 엄마의 등 뒤에다 대고 소리를 질렀어. 아니, 소리를 질렀다기보다는 환호에 가까웠지.

그때 초인종이 울렸어. 엄마가 문을 열자 니키와 키라가 득달같이 거실로 뛰어 들어왔어.

"아멜리에!"

니키가 안도하는 목소리로 내 이름을 불렀어.

"곰보 케이크네!"

키라가 좋아서 외쳤어.

"니키, 정말 오랜만이다. 반갑구나."

아빠가 곰보 케이크를 만지작거리며 인사를 건넸어. 그러고는 키라를 보며 이렇게 물었지.

"여기 이 친구는 처음 보는데?"

"전 아멜리에 친구, 키라예요."

키라가 자기소개를 했어.

아멜리에의 친구라, 근사한데. 아주 근사해. 그래, 키라는 진짜 내 친구야.

"어서들 앉아라. 다행히 케이크를 많이 사 왔어. 문제는……."

아빠가 접시를 꺼내며 말했어.

그때 초인종 소리가 아빠의 말을 끊었어. 엄마가 웃음을 터뜨렸어. 나도 웃지 않을 수 없었어. 평범하기 짝이 없는 수요일 한낮에 이게 대체 무슨 일이래? 무슨 특별한 날도 아니고. 이제 올 사람은 딱 한 명밖에 없는데…….

내 예상이 맞았어. 아빠가 문을 열자 니키의 아빠가 거실로 들어왔어.

"아니, 이게 누구야, 볼프강이잖아. 잘 왔어. 어서 들어와. 정말 오랜만이네!"

엄마도 반색하며 자리에서 벌떡 일어나더니 아저씨에게 달려가 반갑게 와락 끌어안았어. 엄마는 아저씨보다 키가 훨씬 더 컸기 때문에 아저씨의 머리가 엄마의 가슴께에 파묻혔어. 덕분에 엄마가 다시 팔을 풀자 아저씨의 안경은 삐딱하게 코에 걸쳐 있었지. 아저씨는 멋쩍게 웃으며 얼른 안경을 다시 추켜올렸어.

"아저씨도 오늘 일 안 하시나 봐요?"

내가 한마디를 툭 던졌어.

"그래, 맞아."

아저씨가 좋아하며 맞장구를 쳤어.

"니키가 하도 이상한 메시지를 보내서, 별일 없는지 확인하려고 일찍 나왔단다."

아저씨는 말하면서 넥타이와 양복저고리를 소파 쪽으로 휙 던져 버렸어.

나는 감동해서 고개를 끄덕였어. 아저씨는 확실히 믿고 의지할 수 있는 분이라는 생각이 들었어. 아니, 여기 있는 친구와 가족 모두가 믿고 의지할 수 있는 사람들이었지.

그사이 아빠는 케이크 앞에서 조금 당황한 얼굴로 서 있었어.

"아무래도 케이크가 좀 모자랄 것 같은데. 얼른 제과점에 가서 좀 더 사 올게."

아빠는 말이 끝나기가 무섭게 벌써 사라지고 없었지.

니키하고 키라가 의자에 털썩 주저앉았어.

"야, 너 엄마한테……."

키라는 막 무슨 말을 꺼내려다가 엄마를 의미심장한 눈빛으로 한 번 보더니 입을 다물었어.

"아니, 안 했어. 하지만 솔직히 별로 할 말도 없어. 안 좋게 끝나는 일들도 있는 거잖아. 어떤 사람이 처음엔 엄청 멋지다고 생각했는데 알고 보니 바보도 그런 바보가 없더라. 이런 일 살다 보면 가끔씩 일어나는 거잖아, 안 그래?"

내가 말했어.

나는 엄마를 보며 씩 웃었고 엄마는 마치 무슨 역모라도 같이 꾸미는 사람처럼 나한테 슬쩍 윙크를 보냈어.

"나중에라도 혹시 얘기하고 싶어지면 그때 다 말해. 들어 줄게."

엄마가 내 손을 살짝 어루만지며 나직이 덧붙였어.

그래, 언젠가는 말하고 싶을 때가 오겠지.

니키의 아빠도 어느새 우리와 함께 식탁에 자리를 잡았어.

"뭐가 어떻게 된 건지 나는 잘 모르겠다만, 대충 짐작건대 이제 다 괜찮아진 거 맞지?"

아저씨는 고개를 돌릴 때마다 흘러내리는 안경을 번번이 추켜올리며 나하고 니키를 번갈아 바라봤어.

나는 니키와 키라를 보며 고개를 끄덕였어. 그러고는 소리 없이 입술만 움직여 "정말 미안해!"라고 사과했어. 키라는 씩 웃으며 괜찮다는 듯이 엄지를 척 올려 보였고, 니키는 환하게 웃었어.

"응, 그런 것 같아."

니키가 한시름 던 듯 대답했어.

"잘됐네!"

아저씨는 식탁 밑으로 신발을 벗어 던지며 만족스럽게 두 손을 비볐어.

"그럼 이제 진짜 계획을 세울 수 있겠다. 안 그러니, 얘들아? 언제 주말에 시간 될 때 다 같이 캠핑장에 가면 어때?"

하지만 내가 미처 뭐라고 대답도 하기 전에 니키가 두 손을 마구 휘저었어.

"에이, 아빠, 이제 그 얘긴 그만 좀 해. 캠핑은 별로 좋은 생각이 아닌 것 같아. 우린 이제 할 수 있는 거 많거든. 아멜리에하고 나 말이야."

아저씨의 표정이 시무룩해지는 순간, 나와 니키의 눈빛이 마주쳤어.

"재미있게 놀아 보자."

니키가 웃으면서 속삭였어.

그때 아빠가 돌아왔어. 아빠는 얼마 안 가 케이크 칼을 휘두르며 쟁반 앞에 서 있었어.

"배고픈 사람? 자, 누구 먼저 줄까?"

아빠가 기분 좋게 외쳤어.

"솔직히 말씀드리면 전 곰보밖엔 안 먹어요."

키라가 솔직하게 고백했어.

"어, 나도 그런데."

내가 팔꿈치로 키라를 툭 치며 말했어.

"괜찮아. 그럼 너흰 둘 다 곰보 있는 데만 먹고 그 아래 빵 부분은 엄마 줘. 엄마가 먹을게. 난 아래가 더 맛있더라."

엄마가 말했어.

"저도요."

니키가 맞장구를 쳤어.

아빠가 당황한 표정으로 머리를 긁적였어.

"흠, 좋아. 그럼 곰보만 두 접시란 말이지."

아빠는 케이크를 자르는 대신 칼로 곰보 부분만 떼어 내 키라와 내 접시에 수북이 담아 주었어. 그런 다음 아래 빵 부분은 큼지막하게 뚝뚝 잘라서 엄마와 니키에게 한 조각씩 건넸지.

"나도 줄 거지?"

아저씨가 불안한 마음에 포크로 접시를 두드리며 아빠를 기대에 찬 눈빛으로 쳐다보았어.

"생크림도 얹어 먹을 거지? 봐, 여기 많아. 아, 물론 이걸 혼자 다 먹으란 말은 아니야. 나랑 나눠 먹어야지."

아빠가 황급히 덧붙였어.

"아이고, 알았으니까 걱정 말고 어서 한 숟갈 떠 줘!"

아저씨가 아빠에게 접시를 내밀자 아빠는 기다렸다는 듯이 눈처럼 하얀 생크림을 아저씨 접시에 한 숟가락 가득 담아 주었어.

다들 흡족하게 케이크를 먹기 시작했지. 곧 쩝쩝거리는 소리 말고는 아무 소리도 들리지 않았어.

내 마음속은 아주 고요하고 잔잔했어. 나는 눈을 들어 식탁에 모여 앉은 사람들을 차례로 모두 둘러보았어. 니키의 아빠는 두 손가락으로 생크림을 듬뿍 찍어 연신 쪽쪽 핥고 있었는데, 그때마다 반짝이는 머리가 뒤로 젖혀지면서 살집 많은 목덜미에 굵은 주름이 잡혔어.

키라가 팔찌를 모두 빼 버린 모습은 처음이었어. 오늘은 머리도 얼굴로 흘러내리지 않게 고무줄로 질끈 묶고 있었지. 머리를 그렇게 하니 갑자기 너무 작고 연약해 보였어. 아빠는 행복한 표정으로 생크림을 핥으며 잠시도 엄마에게서 눈을 떼지 않았고, 엄마는 아빠에게 미소로 답하며 생크림을 조금 달라고 하더니 그걸 냅킨에 묻혀 시커멓게 얼룩진 눈 화장을 닦아 냈어. 마지막으로 내 눈길은 니키에게 향했어. 갑자기 예전과 너무나 달라진 모습. 하지만 니키는 여전히 같은 곳에 있었어. 든든한 버팀목처럼.

엘리아스가 서서히 사라져 가는 게 느껴졌어. 아직 완전히 사라져 버린 것은 아니지만 이 별난 사람들에게 자리를 내주며 저만치 멀리 밀려나 있었지. 정말 오랫동안 이 사람들을 보지 못하고 있었어. 엘리아스가 너무나 큰 자리를 차지한 탓이었지. 사실 나한테는 저 못지않게 중요한 사람들인데, 엘리아스는 내 시야를 완전히 가려 그들을 보지 못하게 했어.

그리고 지금 생각하면 이해가 안 되지만, 난 엘리아스 때문에 눈이 멀어 나 자신조차 제대로 바라보지 못했던 거야.

새로워진 옛 일상

여전히 모든 것이 똑같았어. 하지만 동시에 완전히 달라졌지.

한낮이었어. 하지만 내 방문은 활짝 열려 있었고 나는 거울 앞에 서서 내 모습을 바라보고 있었어.

지난번에 키라랑 같이 산 올리브그린색 블라우스는 나한테 정말 잘 어울렸어. 그 밑에는 연분홍 스파게티 스트랩 톱을 입었는데 두 색은 정말 잘 어울렸어. 나는 위쪽 단추 세 개를 끌렀어. 그래, 이렇게 푸는 게 더 나아. 그래야 톱이 좀 더 잘 보이니까.

머리는 높이 묶은 다음 깔끔하게 말아 올렸어. 귀에는 금색 후프 귀걸이를 하고, 새 청바지를 입었지. 거울 앞에서 몸을 이리저리 돌리며 나를 비춰 보았어. 흠, 괜찮은데? 모래시계건 아니건 상관없이 난 정말 근사해 보였어.

그때 또다시 휴대폰이 울렸어. 아니, 애원했다고 하는 편이 더 적절하겠지. 벌써 며칠째 그 모양이었어. 엘리아스가 어찌나 끈질기게 전화를 해 대는지. 메시지도 벌써 몇 개를 보냈는지 몰라. '아멜리에,

정말 미안해! 일부러 그런 게 아니야! 제발 전화 좀 해 줄래?' 그리고 그 뒤에는 엉엉 우는 이모티콘이 세 개씩 달려 있었어.

슬슬 짜증이 나기 시작했어. 차라리 담판을 지어 버리는 게 낫겠다 싶어 이번에는 전화를 받았어.

"아, 드디어 받았구나!"

엘리아스가 한시름 덜었다는 듯 나를 바라보며 웃었어.

"아멜리에, 내 얘기 좀 들어 봐. 다 설명할게! 네가 생각하는 그런 게 아니야."

엘리아스가 잠시 말을 멈추더니 잔뜩 기대에 찬 표정으로 나를 바라보았어. 흠, 여기다 대고 무슨 말을 해야 하나? '그래, 괜찮아, 그냥 다 잊어버리자'라고 하나? 아니, 절대로 그럴 수는 없지. 그래서 나는 그 상황에 가장 적절한 반응을 보였어. 바로 침묵이었지.

엘리아스가 멋쩍어하며 헛기침을 했어.

"있잖아, 그러니까 그게 어떻게 된 건가 하면, 내가 벤하고 마티스한테만 그냥 한번 보여 줬어. 네가…… 너무 예뻐서! 그래서 게네한테 보여 주고 싶었어, 네가 얼마나……."

엘리아스가 말을 멈췄어.

"내가 얼마나 뭐?"

내 목소리는 얼음장처럼 차가웠어.

"그러니까 내 말은…… 야, 아멜리에, 너무 그러지 좀 마! 아무 일도 없었잖아!"

"뭐? 아무 일도?"

171

나는 하도 기가 막혀서 전화기 쪽으로 허리를 숙였어.

"너 지금 아무 일도 없었다고 말한 거 맞니? 네 생각엔 지진이라도 일어나야, 아니면 지구 전체를 뜨거운 용암으로 뒤덮는 어마어마한 화산이라도 폭발해야, 무슨 일이 일어나는 거야? 너 그렇게 모르겠어?"

엘리아스가 당황하며 입을 다물었어.

하지만 난 이제 진짜 자초지종을 알고 싶었어.

"그러니까 지금 네 말은, 벤하고 마티스는 애당초 그 일이랑 상관없었다는 거야? 게네가 꾸민 게 아니고?"

엘리아스는 대답 대신 시선을 떨구었어.

아하, 그럼 그렇지. 나는 계속해서 고삐를 조였어.

"그리고 네가 게네한테 허풍을 안 떨었다고? 네가 얼마나 굉장한지, 네가 원하면 뭐든 다 가질 수 있다는 걸 증명해 보이겠다고 장담하지 않았다고?"

이제 엘리아스는 눈길뿐만 아니라 고개까지 푹 숙였어. 덕분에 갈색 머리 사이에 갈라진 가르마만 눈에 들어왔지. 내가 한마디만 더 하면 아예 배를 깔고 바닥에 엎드려 버릴 것 같았어.

"넌 우리가……."

갑자기 목구멍이 뜨끈해지면서 말을 할 수가 없었어. 나는 침을 한 번 꿀꺽 삼킨 뒤 다시 입을 열었어.

"어떻게 그렇게 아무렇지도 않을 수가 있어? 어떻게 잊어버릴 수가 있냐고? 우리가……."

아니, 되지 않았어. 도무지 끝까지 말을 할 수가 없었어.

엘리아스가 고개를 다시 들어 얼굴을 드러냈어.

"아멜리에, 우리 관계는 나한테도 중요해! 정말이야, 믿어 줘! 그리고 아무것도 잊어버리지 않았어! 아니, 오히려 그 반대야."

엘리아스가 잠시 멈칫하더니 갑자기 목소리를 낮춰 말을 이었어.

"요즘 내가 우리 사이에 있었던 일들을 얼마나 자주 생각했는데."

엘리아스는 애원하는 눈초리로 내 눈을 들여다보았어. 이번에는 왠지 진심인 것 같다는 느낌이 들었어. 심지어 조금 가여운 생각마저 들 뻔했지. 하지만 정말 들 뻔만 했어.

"우리 만나지 않을래? 내 말은, 진짜로 말이야."

엘리아스가 조용히 속삭였어.

그래, 만날 수도 있겠지. 하지만 지금은 아니야. 나중이면 모를까.

"글쎄, 두고 봐야지."

내가 그렇게 말하는데 아래층 현관에서 초인종 소리가 났어. 엄마가 문을 열고 누군가와 이야기를 나누는 소리가 들렸어.

"그만 끊어야겠어. 가 볼게."

내가 짧게 말했어.

나는 엘리아스가 뭐라고 하기도 전에 얼른 전화를 끊어 버렸어.

엄마가 큰 소리로 나를 불렀어.

"어, 갈게."

나도 소리를 지르며 얼른 가방을 집어 들고 계단을 뛰어 내려갔어. 니키가 나를 데리러 온 게 틀림없었어.

같이 극장에 가기로 했으니까.

제 모습 그대로

손가락이 자판 위를 마구 달리고 있었어. 어찌나 익숙하던지 일일이 들여다보고 말고 할 것도 없었어. 그만큼 자주 해 봤다는 얘기였지. 먼저 사진 두 개를 불러온 다음, 한쪽 사진에서 머리를 오리고, 복사…… 이제 다른 사진에 갖다 붙이고…….

클릭, 클릭, 클릭, 내 손가락은 계속해서 새로운 명령들을 내렸어. 여기 이음매 부분은 좀 더 자연스럽게 다듬고, 명암은 더 뚜렷하게, 여기도 살짝 수정하고 그리고 여기도.

흠, 나는 처음으로 내 머리를 모델의 몸에 갖다 붙인 것이 아니라 모델의 머리를 내 몸에 갖다 붙였어. 어느새 지지 하디드는 내가 새로 산 모래색 보트 네크라인 티셔츠를 입고 있었지. 정말 근사해 보였어!

하지만 곧 웃음이 터져 나왔어. 기발한 생각이기는 했지만, 이것도 좀 이상했어. 누가 되었든, 어떤 모습이 되었든 제 모습 그대로 두는 게 가장 좋다는 생각이 들었어. 난 프로그램을 종료하려고 했어.

하지만 내 노트북은 그 사진을 어떻게 할지 정확히 알고 싶어 했지.

아니, 오래 생각할 필요도 없었어. 나는 아주 단호하게 '저장 안 함'을 눌렀어.

봄볕청소년

너를 보여 줘

초판 1쇄 발행 2023년 6월 22일

지은이 유타 넴피우스
옮긴이 김영진

펴낸이 권은수 펴낸곳 도서출판 봄볕
만듦 박찬석, 장하린, 김세희 꾸밈 스튜디오 헤이,덕 가꿈 성진숙 알림 강신현 살림 권은수
함께 만든 곳 피오디 북, 가람페이퍼

등록 2015년 4월 23일 제25100-2015-000031호
주소 서울특별시 서대문구 서소문로 37 1406호(합동, 충정로대우디오빌)
전화 02-6375-1849 팩스 02-6499-1849
전자우편 springsunshine@naver.com 블로그 http://blog.naver.com/springsunshine
스마트스토어 https://smartstore.naver.com/shinybook
인스타그램 @springsunshine0423
ISBN 979-11-93150-01-6 43850